बॉलीवुड सेल्फी

बॉलीवुड सेल्फी

अनंत विजय

वाणी प्रकाशन

वाणी प्रकाशन

4695, 21-ए, दरियागंज, नयी दिल्ली 110 002

शाखा

अशोक राजपथ, पटना 800 004

फ़ोन : +91 11 23273167 फ़ैक्स : +91 11 23275710

www.vaniprakashan.in
vaniprakashan@gmail.com

BOLLYWOOD SELFIE
by Anant Vijay

ISBN : 978-93-5072-967-0
Memoirs

प्रथम संस्करण 2015

मूल्य : ₹150

थॉमसन प्रेस, दिल्ली-110 020 में मुद्रित

वाणी प्रकाशन का लोगो मक़बूल फ़िदा हुसेन की कूची से

रवीन्द्र कालिया
और
लीलाधर मंडलोई
को
जिनके स्नेह के बगैर
इस किताब का अस्तित्व में आना
मुमकिन नहीं था।

मेरी बात

पिछले साल दिसम्बर की किसी सर्द शाम को मैं, मेरे मित्र यतीन्द्र मिश्र और अरुण माहेश्वरी दिल्ली के इंडिया इंटरनेशनल सेंटर से डिनर कर बाहर लॉन में खड़े होकर बातें कर रहे थे। पता नहीं बात कहाँ से शुरू हुई और कहाँ-कहाँ से होती हुई फिल्मों तक पहुँच गयी। बातों-बातों में मैंने अरुण जी से कहा कि एक किताब तैयार करने की सोच रहा हूँ जो फिल्मी सुपरस्टार्स पर होगी। फिल्मी सितारों की जिन्दगी के इर्दगिर्द। अरुण जी ने फौरन अपने अन्दाज में कहा कि लाइए न जी छापते हैं और विश्व पुस्तक मेले में इसको रिलीज भी करते हैं। अच्छा जब मैं उनसे फिल्म पर किताब लिखने की बात कर रहा था तो अवचेतन मन में दफ्तर में साथ बैठनेवाले मेरे दोस्त इक़बाल रिज़वी को मजाक-मजाक में दी गयी चुनौती भी थी। इक़बाल रिज़वी साहब हिन्दी फिल्मों के चलते-फिरते कोश हैं। उनके पास फिल्मों, फिल्मी सितारों और फिल्मी प्रसंगों से जुड़े विषयों का खजाना है। हम उनको लगातार फिल्म पर एक किताब लिखने को उकसाते रहे हैं। वो हमेशा कहते हैं कि लिख रहे हैं, बस पूरा होनेवाला है। जैसे अभिनेता अजीत पर उन्होंने एक किताब पूरी की है लेकिन आखिरी दौर में न जाने कहाँ और क्यों रुकी हुई है। एक दिन बातों-बातों में मैंने इक़बाल जी से कहा था कि उनसे पहले फिल्मों पर मेरी किताब आ जायेगी। उन्होंने शुभकामनाएँ देकर मेरी चुनौती की हवा निकाल दी। लेकिन मैंने सोचा कि फिल्म पर एक

किताब तो आनी ही चाहिए और इक़बाल जी की शुभकामना का सम्मान भी होना चाहिए। मजाक में कही उस बात के पूरा होने का वक्त था। दरअसल फिल्मों पर मेरी जानकारी बहुत कम थी। बिहार के कस्बाई शहर जमालपुर में बचपन गुजरा। उस वक्त का माहौल ये था कि अच्छे बच्चों को फिल्में नहीं देखनी चाहिए या फिर बड़ों के साथ जाकर देखनी चाहिए। वहाँ दो सिनेमा हॉल हुआ करते थे, अवंतिका सिनेमा और रेलवे सिनेमा। अवंतिका सिनेमा हमारे स्कूल के पास था। मेरे दोस्त लोग स्कूल से भागकर 'नून शो' देखा करते थे। इच्छा तो मेरी भी खूब होती थी लेकिन पकड़े जाने के भय से जा नहीं पाता था। स्कूल जाते वक्त जरूर अवंतिका सिनेमा के सामने खड़े होकर और उसकी लॉबी में जाकर फिल्मों के पोस्टर देखा करता था। उस वक्त जालीदार शोकेस में फिल्मों के कई सीक्वेंसियल पोस्टर लगे होते थे। उन पोस्टरों को देखने के बाद ललचाता था, अन्दाजा लगाता था कि फिल्म कैसी होगी। उन्हीं दिनों मेरे एक दोस्त ने अवंतिका सिनेमा हॉल के गेटकीपर से दोस्ती कर ली थी। उसने गेटकीपर से ये डील की थी कि नयी फिल्मों के गाने दिखा दिया करे बगैर टिकट लिए। ये सौदा सम्भवतः चार आने में तय हुआ था। वो हमें गाने का तय वक्त बता दिया करता था और हम स्कूल से पन्द्रह-बीस मिनट के लिए किसी बहाने से भागकर वहाँ पहुँच जाते थे। फिर चवन्नी देने के बाद वो गेटकीपर हमें चोरी छिपे दरवाजे के पास ही खड़ा कर देता। हम वहीं खड़े होकर गाने देखते और अभिभूत होकर वापस स्कूल लौट जाते। मजे की बात है कि वो हमें उधार पर भी गाने दिखाया करता था यानी कि अगर पैसे नहीं हों तो भी दिखा देता और अपने पॉकेट डायरी में तारीख और वक्त लिख लेता था। ये क्रम सालों तक चला। कम से कम दसवीं की बोर्ड के फाइनल पेपर तक। मेरी स्मृति में जो पहला फिल्मी गाना है वह है देवानंद की फिल्म काला बाजार का गाना—खोया खोया चाँद, खुला आसमान। ये गाना मैंने अवंतिका सिनेमा में चार आने में देखा था। दसवीं तक पर्व त्योहार के मौके पर या कुछ विशेष मौकों पर ही फिल्म देखा करता था। पहली पूरी फिल्म कौन सी देखी वो कुछ भी याद नहीं। दसवीं की परीक्षा का आखिरी पर्चा देकर जब घर लौटा तो रवि भैया आये हुए थे। उन्होंने मुझसे परीक्षा आदि के विषय में बात करने के बाद पूछा कि अवंतिका में कौन सी फिल्म लगी है। मैंने छूटते ही कहा हिम्मतवाला। इस फिल्म के लगभग सारे गाने चवन्नी स्कीम से कई बार देख चुका था। फिर भैया ने दस रुपये दिये और कहा कि जाओ फिल्म हिम्मतवाला देखकर आओ। मैं खुश। फौरन अवंतिका सिनेमा पहुँचा। अपना गेटकीपर दोस्त वहाँ था। उसको लगा कि मुझे फिर से गाने देखने हैं तो उसने कहा कि अभी गाना आने में वक्त है। अभी तो फिल्म शुरू ही होनेवाली है। मैंने उसे कहा कि आज मैं पूरी फिल्म देखूँगा, गाने नहीं। उसने मेरी मदद की

और मुझे बॉलकनी का टिकट लाकर दिया। फिर मैंने शान से बॉलकनी में बैठकर हिम्मतवाला देखी, चिनिया बदाम (बिहार में मूँगफली को चिनिया बदाम कहते हैं) भी खाया। हिम्मतवाला देखने के बाद श्रीदेवी का फैन हो गया। यहीं से मेरी फिल्मों से दोस्ती शुरू हो गयी। ये दोस्ती परवान चढ़ी जब मैं भागलपुर के मशहूर टीएनबी कॉलेज पहुँचा। दसवीं तक घर में रहकर पढ़ाई करने के बाद जब अचानक हॉस्टल पहुँचा तो लगा कि अब तो सारा आकाश हमारा है। किसी का भय नहीं, कोई पाबंदी नहीं, कोई बन्धन नहीं। अपनी मर्जी के मालिक। अपने फैसले खुद लेने हैं। हॉस्टल में सात दोस्त इकट्ठे रहने लगे। कॉलेज के अन्य छात्रों ने हमारे इस गैंग को नाम दे दिया था—सेवन स्टार। हम सबके गले में सफेद सिल्क का मफलर हुआ करता था और सातों एक साथ साइकिल पर चला करते थे। वो टशन था। ग्रुप की पहचान थी सफेद मफलर और साइकिल। हॉस्टल में रहते हुए शुरू हुआ नाइट शो देखने का दौर। दो सिनेमा हॉल के शहर से पाँच छह सिनेमा हॉल वाले शहर में पहुँचा था। फिल्म देखने का ऐसा चस्का लगा कि हमने हॉस्टल के अपने कमरे की खिड़की का एक रॉड निकाल दिया था ताकि जब नाइट शो देखकर लौटें तो हॉस्टल में घुसने में दिक्कत नहीं हो। हॉस्टल का मेनगेट तो रात दस बजे बन्द हो जाता था। फिर जब हमारे कमरे की वो खिड़की सार्वजनिक रास्ते में तब्दील होने लगी तो उसको बन्द करना पड़ा क्योंकि शिकायत वॉर्डन से होते हुए प्रिंसिपल तक पहुँचने का अन्देशा था। भागलपुर में रहने के दौरान कितनी फिल्में देखीं कह नहीं सकता। कई-कई दिन तो लगातार चार शो देखने का रिकॉर्ड सेवन स्टार ग्रुप के नाम बना था। एक सिनेमा हॉल से दूसरे सिनेमा हॉल तक जाकर एक शो से दूसरे शो को पकड़ना एक ऐसा खेल था जिसके रोमांच में हम सब पागल थे। उस दौर में अच्छी, बुरी, औसत सभी फिल्में देख डालीं। सुबह तय हो जाता था कि आज चार शो देखने हैं। एक दो बार टर्मिनल एक्जाम के दौरान भी शर्त लगाकर हमलोग बाहर आ जाते थे कि कौन सबसे पहले सिनेमा हॉल पहुँचता है। इस चक्कर में हमारा नुकसान भी हुआ था। पर उम्र के उस दौर में नफा-नुकसान की परवाह कहाँ हो पाती है। उस वक्त तो लगता है कि हम जो कर रहे हैं, वही सही है। भागलपुर से जब चलकर वापस जमालपुर आया तो फिल्मों का साथ फिर छूटा। कह सकते हैं कि इतनी फिल्में देख डाली थीं कि मन भर गया था। जमालपुर से जब दिल्ली आया तो मैनेजमेंट की पढ़ाई के दौरान दोस्तों के साथ कुछ फिल्में देख लिया करता था पर ज्यादातर मना ही कर देता था। फिल्मों से ऐसा मोहभंग हुआ कि शादी होने के कई साल बाद हम और वन्दना ओमकारा देखने गये थे। सम्भवतः शादी के सात साल बाद हम दोनों ने साथ जाकर फिल्म देखी थी। शादी के सात साल तक ना तो अकेले और ना ही साथ फिल्म देखी। ओमकारा के बाद फिर से फिल्म देखने

का सिलसिला जोर पकड़ा था। जितनी बेफिक्री भागलपुर के हॉस्टल के दौर में थी उतनी ही फिक्र पहली नौकरी के बाद खुद को स्थापित करने को लेकर थी। स्व के चक्कर में फिल्मों से दूर होता चला गया।

टीवी पत्रकारिता में जब आया तो कई दोस्त फिल्मों और उसके प्रसंगों पर बात करते थे तो मैं हमेशा खामोश हो जाया करता था क्योंकि फिल्में तो देखीं लेकिन ये कभी ध्यान नहीं दिया कि कौन डायरेक्टर था, किसने संगीत दिया था, कौन गायक था आदि आदि। फिल्मी प्रसंगों पर होनेवाली बातों को सुनने में मजा बहुत आता था। उन बातों को सुनते हुए ये भी लगता था कि काश मुझे भी इन प्रसंगों का पता होता। मैं भी उसी तरह से फिल्मों के इतिहास और रोचक प्रसंगों पर बात कर सकता। इसी चाहत में फिल्मी सितारों से जुड़ी किताबें पढ़ने लगा। आत्मकथा और जीवनी पढ़ना मेरा शुरू से शौक रहा है लिहाजा मैंने अपनी इस रुचि को फिल्मी हस्तियों की ओर मोड़ दिया। यह वही दौर था जब मैं 'नया ज्ञानोदय' में नियमित लिखने लगा था। जब फिल्मों से जुड़ी किताबें पढ़ने लगा तो उन्हीं किताबों पर लिखने भी लगा। किसी भी फिल्मी शख्सियत पर लिखा मेरा पहला लेख शौकत कैफी की किताब यादों की रहगुजर के हवाले से साहित्यिक पत्रिका 'तद्‌भव' में छपा था। उसके बाद 'नया ज्ञानोदय' में कई सितारों पर लिखा। फिल्मों पर लेखन शुरू करने का भी दिलचस्प किस्सा है। फिल्मी हस्तियों से जुड़ी किताबें पढ़ने का सबसे बड़ा लोभ यह था कि मुझे बॉलीवुड के दिलचस्प किस्सों को जानने में मदद मिले। ख्वाहिश यह भी होती थी कि फिल्मों पर होनेवाली बहस में मैं भी हिस्सा ले सकूँ। इक़बाल रिज़वी साहब ने फिल्मी सितारों से जुड़ी मुझे कई दुर्लभ सामग्री दी, जिनमें उनके दिलचस्प प्रसंग हैं। उसके अलावा मैंने कई किताबें पढ़ डालीं जिससे उन प्रसंगों को जानने समझने का मौका मिला। यह अलहदा बात है कि इन फिल्मी सितारों से जुड़े एक ही प्रसंग को अलग-अलग लोगों ने अलग-अलग ढंग से कहा है। हिंदी फिल्मों की दुनिया से जुड़े अल्प अध्ययन के आधार पर मुझे लगता है कि मीना कुमारी से जुड़े किस्से काफी दिलचस्प हैं और उनके बारे में किस्से गढ़े भी गये हैं। एक ही प्रसंग पर अलग अलग जगहों पर मीना कुमारी के बारे में अलग-अलग बात पढ़ने को मिलती है। मीना कुमारी के फिल्म के सेट पर मशहूर झगड़े को भी अलग अलग लोगों ने अलग अलग तरीके से लिखा है। यह समझा जा सकता है कि सुपर स्टार से जुड़ी कहानियों में लोग मिर्च-मसाला लगा ही देते हैं। हर लेखक अपने हिसाब से उसको रोचक बनाने के चक्कर में अलग-अलग मसाला इस्तेमाल करता है। किस्से गढ़ता है। मीना कुमारी का व्यक्तित्व ऐसा है जिसके बारे में सबसे ज्यादा किस्से बॉलीवुड में मौजूद हैं। यथार्थ भी और मिथक भी।

इन सितारों पर लिखते हुए मुझे यह जानकर बेहद खुशी हुई कि किसी जमाने में

नायकों के बराबर का रुतबा रखनेवाले गीतकार और संगीतकार भी होते थे। साहिर लुधियानवी ने इस बात को इंश्योर करवाया था कि फिल्मों के पोस्टर पर शायर का नाम जाए। पचास के दशक में नौशाद एक फिल्म के लिए एक लाख दस हजार रुपए लिया करते थे जबकि उन दिनों अच्छे से अच्छे डायरेक्टर को भी तीस-चालीस हजार ही मिला करते थे। नौशाद और साहिर ने नायकों से बड़ा कद हासिल किया था। मेरी इस किताब में बॉलीवुड से जुड़ी ग्यारह हस्तियों के बारे में उनकी या उनपर लिखी किताबों के बहाने से दिलचस्प प्रसंगों का वर्णन है। मैंने अपनी इस किताब में एक फिल्म पाकीजा को भी शामिल किया है क्योंकि मेरा मानना है कि मीना कुमारी की पर्सनैलिटी, पाकीजा के बिना पूरी नहीं होती है। पाकीजा फिल्म का निर्माण और उससे जुड़े प्रसंग मीना कुमारी की जिन्दगी को पूरी तरह से पाठकों के सामने खोल कर रख देते हैं। उनके कमाल अमरोही से सम्बन्ध या उस दौर में उनके अन्य प्रेम सम्बन्ध हों उसका गहरा असर पाकीजा पर पड़ा। पाकीजा ने अगर मीना कुमारी को अमर किया तो पाकीजा ने उनको कई गम भी दिये। मुफलिसी की शुरुआत का दर्द भी दिया।

फिल्मों पर लिखने के लिए मैं इक़बाल रिज़वी और विनोद अनुपम से काफी मदद लेता रहता हूँ, इसलिए इन दोनों का आभार। विनोद अनुपम ने इस किताब के बारे में अपनी राय भी दी है और इस किताब का नाम भी उनका ही दिया हुआ है। नाम में बस थोड़ा संशोधन है। विनोद अनुपम ने इस किताब का नाम दिया था बॉलीवुड वाया सेल्फी, मैंने उससे वाया हटा दिया। धृष्टता के लिए क्षमा करें विनोद दा। हाल के वर्षों में मेरा लिखना काफी ज्यादा बढ़ा लेकिन वन्दना ने धैर्य के साथ मुझको झेला और कभी भी लिखने पढ़ने को लेकर नहीं रोका। उसको धन्यवाद क्या दूँ। मेरी प्यारी बेटी सुहीना भी अपने डैड को लिखते देखकर अपनी जिद को काबू कर लेती है। थैंक्यू बेटा। माँ, रवि भैया और भाभी को मेरी हर उपलब्धि पर खुशी होती है। इस किताब पर भी होगी। आभार की हिमाकत नहीं कर सकता। भाई जयप्रकाश पांडे से कभी भी कुछ भी करवाने की छूट हमेशा से लेता रहा हूँ। इस किताब में भी ली। वाक्यों की चूलें उन्होंने ही कसी हैं। शुक्रिया दोस्त। इस किताब को लेकर अदिति ने भी काफी उत्साह दिखाया। अदिति का धन्यवाद। अरुण जी और यतीन्द्र मिश्र का भी आभार कि अगर उस रात गर्मागर्म बहस ना हुई होती तो शायद इस किताब की योजना नहीं बनती। इस किताब में इस्तेमाल की गई तस्वीरों के लिए आशीष का शुक्रिया। बाकी अब ये किताब पाठकों के हाथ में है। आपकी प्रतिक्रिया का इन्तजार रहेगा।

इंदिरापुरम, गाजियाबाद **अनंत विजय**

फरवरी, 2015

भूमिका

सत्यजित रे भले ही फिल्म समीक्षकों को सिनेमा और दर्शकों के बीच का सेतु मानते रहे हों, लेकिन हिन्दी सिनेमा ने समीक्षकों को शायद ही कभी तरजीह दी है। रे का तो मानना था कि फिल्म समीक्षकों के सिनेमा की समझ का स्तर निर्देशक से ऊपर रहना चाहिए, तभी वह फिल्म निर्माण की पूरी प्रक्रिया को समझते हुए फिल्म को विश्लेषित कर सकता है। वास्तव में हिन्दी सिनेमा यह मानने को तैयार ही नहीं हो सका है कि उसे विश्लेषण की जरूरत है। उसने सीधा अपने दर्शकों से संवाद कायम किया और भरसक उस गूढ़ता से परहेज किया जहाँ किसी तरह की व्याख्या की आवश्यकता हो। सिनेमा ने दर्शकों के सौन्दर्यबोध को चुनौती देने के बजाय उसके सामने समर्पण बेहतर समझा, नतीजतन दर्शकों को भी कभी सिनेमा के लिए समीक्षकों की आवश्यकता नहीं हुई। तब भी जब विमल राय फिल्में बनाया करते थे और अब भी जब साजिद और फराह खान फिल्में बना रहे हैं। आज भी समीक्षकों के 4 स्टार के साथ आने वाली 'जेड प्लस' को थिएटर तक नसीब नहीं हो पाता जबकि बकवास करार दी गयी 'हैप्पी न्यू इयर' कमाई का रिकार्ड बना लेती है।

आश्चर्य नहीं कि मेरे एक विद्वान मित्र ने पूरी गम्भीरता से कहा था, सिनेमा पूरी तरह एक ऑडियो विजुअल माध्यम है, उसमें तुम्हारे (समीक्षकों के) समझाने का क्या है, जो दर्शक समझना चाहे? वह सिनेमा देखता है, उसे अच्छा लगता है तो अच्छा, बुरा लगता है तो बुरा। तुम्हारी समीक्षा पढ़ कर वह कैसे अपनी राय बदल सकता है। मित्र ने अखबारों में सिनेमा पर लिखे जा रहे गॉसिप का उल्लेख करते हुए कहा था, वास्तव में अपने ही ज्ञान से दबे तुम बुद्धिजीवी समझ नहीं पा रहे हो कि दर्शकों की रुचि सिनेमा देखने में होती है, और

सितारों के बारे में जानने में। तुम लोग आम पाठकों की इच्छा के विपरीत सिनेमा के बारे में दुनिया जहान की बातें करते हों और सितारों के बारे में बात करने में हेठी समझते हो।

अनंत विजय की 'बॉलीवुड सेल्फी' कहीं न कहीं इसी स्थापना को पुख्ता करती है। यह किसी भी समीक्षक के इस भ्रम को तोड़ती है कि सिनेमा पर सितारों के माध्यम से गम्भीर बातें नहीं हो सकतीं। यहाँ सिनेमा की विभिन्न विधाओं से जुड़े सितारों की आत्मकथा उन झरोखों की तरह हैं, जो हिन्दी सिनेमा के आँगन का एक विहंगम दृश्य प्रस्तुत करते हैं। सितारों की जिन्दगी के बहाने यहाँ इतिहास भी है, तकनीक भी, सरोकार भी है और भाषा भी। सबसे बढ़कर इन सबके बीच यहाँ सिनेमा अनुपस्थित नहीं है। पुस्तक में अभिनय से दिलीप कुमार, देव आनंद, मीना कुमारी, राजेश खन्ना, ओम पुरी, नसीरुद्दीन शाह की आत्मकथा कसौटी पर है, तो संगीत का प्रतिनिधित्व करते नौशाद, सचिन देव बर्मन, साहिर और गुलज़ार हैं। अनंत की कसौटी पर जब ये आत्मकथाएँ आती हैं, तो सिर्फ आत्मकथा नहीं रहती, वह सम्पूर्ण ऐतिहासिक, सामाजिक, सांस्कृतिक संदर्भों के साथ टकराती हैं। हालाँकि अनंत जार्ज बर्नाड शॉ को उद्धृत करने से नहीं चूकते कि आत्मकथाएँ आमतौर पर झूठ का पुलिंदा होती हैं। यहाँ अनंत झूठ को झूठ कहने में कतई संकोच नहीं दिखाते।

राजेन्द्र यादव ने 'हंस' के एक सम्पादकीय में अनंत विजय का उल्लेख दिल्ली के सबसे ज्यादा पढ़ने वाले व्यक्ति के रूप में किया था। 'बॉलीवुड सेल्फी' उस बयान को पुख्ता करती लगती है, सिर्फ इसलिए नहीं कि यहाँ अनंत हिन्दी सिनेमा के कलाकारों द्वारा लिखी लगभग तमाम आत्मकथाओं से गुजरते दिखते हैं, इसलिए भी कि इन दर्जन भर आत्मकथाओं को विश्लेषित करते हुए अनंत दर्जनों अन्य पुस्तकों का भी संदर्भ पाठकों को उपलब्ध कराते हैं। वाकई यह दुर्लभ दिख सकता है कि सिनेमा के सितारों पर लिखते हुए किसी लेखक को तुलसीदास से लेकर ग़ालिब और जार्ज बर्नाड शॉ को उद्धृत करने की आवश्यकता महसूस हो।

वास्तव में यह पुस्तक सितारों के माध्यम से अपने समय के सिनेमा को समझने में सहायक होती है। गौरतलब है कि पुस्तक में समीक्षित लगभग सभी आत्मकथाएँ मूल रूप से अंग्रेजी में लिखी गयी हैं, हिन्दी सिनेमा का अभी तक हिन्दी का नहीं बन पाने का एक कारण तो यहाँ भी देखा जा सकता है। अनंत इन आत्मकथाओं से हिन्दी पाठकों को रू-ब-रू होने का अवसर देते हैं, सिर्फ इतने भर के लिए भी हिन्दी पाठकों, हिन्दी सिनेमा के दर्शकों और विद्यार्थियों के लिए यह एक अनिवार्य पुस्तक हो सकती है।

विनोद अनुपम

अनुक्रम

नसीरुद्दीन शाह

नसीर ने अपनी इस किताब में इस बात को खुलकर स्वीकारा है कि उन्हें अपनी पहली पत्नी से पैदा हुई बेटी हबीबा से बारह वर्षों तक अलग रहने का खासा अफसोस है। दरअसल उन्नीस साल की उम्र में ही नसीर ने अपने से करीब पंद्रह साल बड़ी पाकिस्तानी महिला पुरवीन से शादी कर ली थी। पुरवीन उस वक्त अलीगढ़ मुस्लिम विश्वविद्यालय में डॉक्टरी पढ़ रही थीं। नसीर उस वक्त रंगकर्म की दुनिया में आगे बढ़ना चाहते थे और उन्हें किसी सहारे की जरूरत थी जो पुरवीन ने उन्हें दिया। पर दोनों के बीच यह रिश्ता लम्बा नहीं चल सका।

नसीरुद्दीन शाह : साफगोई के शहंशाह

सितारों की जीवनियों और आत्मकथाओं की कड़ी में हिन्दी फिल्मों के सबसे बड़े सितारों में से एक नसीरुद्दीन शाह की आत्मकथा का नाम है—एंड दैन वन डे, अ मेमॉयर। लगभग तीन सौ पन्नों की इस किताब के लिखे जाने की कहानी भी बेहद दिलचस्प है। फिल्म की शूटिंग के दौरान बोरियत से बचने के लिए नसीरुद्दीन शाह ने अपनी कहानी लिखनी शुरू कर दी। संयोग से उसी वक्त उन्होंने लैपटॉप खरीदा और उसे चलाना भी सीखा था। बोरियत से बचने के लिए जब अपनी कहानी लिखने लगे तो फिर एक सिलसिला चल पड़ा। कई बार तो लिखने और पेनड्राइव में सेव करने के चक्कर में कई पन्ने उड़ गए। उनको फिर से लिखा। अपनी जिन्दगी की घटनाओं को लिखकर सहेजते रहे। एक दिन नसीर ने अपना लिखा हुआ अपने मित्र रामचंद्र गुहा को पढ़ने के लिए दिया। गुहा मशहूर लेखक और इतिहासकार हैं। राम गुहा ने जब नसीर की अधूरी कहानी को पढ़ा तो उन्होंने नसीर को अपनी इस आत्मकथा को पूरा करने के लिए प्रेरित भी किया और दबाव भी बनाया। इस तरह से यह किताब सामने आ पाई। नसीरुद्दीन शाह की इस किताब में एक खास बात है, वह है ईमानदार लेखन। आमतौर पर आत्मकथाओं में अपने आप को हीरो साबित करने की एक ललक दिखाई देती है, अपने संघर्षों को बढ़ाचढ़ाकर पेश करने की कोशिश दिखाई देती है, अपनी मुफलिसी के दिनों को शहीदाना अंदाज में पेश करने की जुगत भी रेखांकित की

जाती है, लेकिन नसीर ने अपनी इस किताब में इन तमाम कोशिशों और जुगतों का इस्तेमाल नहीं किया और बिल्कुल ही ईमानदार तरीके से अपनी जिन्दगी की घटनाओं को पाठकों के सामने पेश कर दिया। इस ईमानदारी को कई आलोचक रूखा और मुँहफट करार दे रहे हैं, लेकिन मेरे हिसाब से नसीर ने जिन्दगी के कच्चे यथार्थ को बगैर किसी रंग रोगन के पेश किया है। नसीर ने जिस बेबाकी से लिखा है उससे बहुधा यह भ्रम पैदा होता है कि लिखते-लिखते वे असभ्य हो जाते हैं। अगर देखा जाए तो इस किताब में हिट मसाला फिल्म के सारे फॉर्मूले—ड्रामा, एक्शन, रोमांस—हैं लेकिन किताब पढ़ते वक्त ये सारे प्रसंग बेहद सहजता से सामने आते हैं। नसीरुद्दीन शाह के अपने पिता से रिश्ते बेहतर नहीं थे। नसीर के पिता प्रशासनिक अधिकारी थे लिहाजा नियमित अन्तराल पर उनका तबादला होता रहता था। नसीर अपनी अम्मी के बेहद करीब थे और बचपन की पूरी कहानी में अम्मी या फिर उनकी याद बार-बार आती है। अपनी अम्मी के दुपट्टे के कोने और उसकी खुशबू को नसरी अपनी सबसे बड़ी थाती मानते थे। पिता को लेकर नसीर के मन में हमेशा से एक विद्रोह का भाव रहा है। चाहे वो सरधाना का प्रसंग रहा हो या फिर उनकी पढ़ाई में कमजोर होने के बाद घर के माहौल का चित्रण हो। नसीर जब नवीं में फेल हो जाते हैं तो उनके पिता खफा होते हैं। जायज भी था। उनके पिता तो इस बात पर भी बुरी तरह से खफा हो जाते हैं कि नसीर अलीगढ़ मुसलिम विश्वविद्यालय में पढ़ाई से ज्यादा रंगकर्म को तवज्जो देते हैं। हर माँ-बाप की तरह नसीर के पिता की भी इच्छा थी कि वो आला सरकारी मुलाजिम बनें। नसीर ने इस किताब में लिखा है कि जब वो बाप बने तो उनको पिता की आकांक्षाओं और उम्मीदों का एहसास हुआ। इस बात के संकेत कई जगह हैं कि नसीर अपने पिता से दूर ही रहना चाहते थे लेकिन जब वे अपने पिता की मौत के बाद उनके जनाजे में शामिल नहीं हो सके तो नसीर का दर्द भी छलक आता है। यह पूरा प्रसंग पाठकों को उस दर्द का एहसास करवाता है।

नसीर ने अपनी इस किताब में इस बात को खुलकर स्वीकारा है कि उन्हें अपनी पहली पत्नी से पैदा हुई बेटी हबीबा से बारह वर्षों तक अलग रहने का खासा अफसोस है। दरअसल उन्नीस साल की उम्र में ही नसीर ने अपने से करीब पंद्रह साल बड़ी पाकिस्तानी महिला पुरवीन से शादी कर ली थी। पुरवीन उस वक्त अलीगढ़ मुस्लिम विश्वविद्यालय में डॉक्टरी पढ़ रही थीं। नसीर उस वक्त रंगकर्म की दुनिया में आगे बढ़ना चाहते थे और उन्हें किसी सहारे की जरूरत थी जो पुरवीन ने उन्हें दिया। पर दोनों के बीच यह रिश्ता लम्बा नहीं चल सका। शादी के दस महीने के अंदर पुरवीन ने नसीर की बेटी को जन्म दिया। इस बीच नसीर नेशनल स्कूल ऑफ ड्रामा, दिल्ली पहुँच गए। नसीर ने माना है कि उस दौर में वे बेहद असुरक्षित महसूस करते थे जिस वजह से उनका यह रिश्ता लम्बा नहीं चल पाया। नेशनल स्कूल ऑफ

ड्रामा पहुँचने के बाद नसीर को शादी और बच्चा दोनों बोझ लगने लगे थे, लिहाजा उन्होंने पुरवीन से दूरी बनानी शुरू कर दी। नसीर को लगता था कि उनके कॅरियर में शादी और बच्चे दोनों बाधा हो सकते हैं। नसीर का यह रुख उसके व्यवहार में भी दिखने लगा था जिसकी परिणति दोनों के अलगाव में होती है। थोड़े ही वक्त बाद पुरवीन अपनी बच्ची को लेकर लंदन चली गईं और फिर नसीर बारह साल तक उससे नहीं मिल सके। नसीर ने बेटी से अलग रहने की जो कहानी लिखी है, उस कसक को महसूस करने के लिए आत्मकथा के उन पन्नों से गुजरना आवश्यक है, जहाँ नसीर ने इस पर विस्तार से लिखा है।

नसीरुद्दीन शाह की इस कहानी में एक और सूत्र है जो पूरी किताब को पिरोती है। वह है हर पन्ने पर किसी ना किसी रूप में अभिनय की चर्चा। अपने बचपन के दिनों को याद करते हुए नसीरुद्दीन शाह ने साफ लिखा है कि अभिनय या ड्रामा ही उन्हें अपना सा लगता था और हमेशा यह महसूस होता था कि इसी क्षेत्र में वो कुछ कर सकते हैं। अभिनय के इसी सूत्र के वर्णन को देखते हुए यह कहा जा सकता है कि नसीरुद्दीन शाह की इस किताब को अभिनय की दुनिया में कदम रखनेवाले हर शख्स को अवश्य पढ़ना चाहिए। अभिनय के बाद हर पन्ने पर आप लेखक की बेबाकी से भी रूबरू होते हैं। नेशनल स्कूल ऑफ ड्रामा से लेकर पुणे के फिल्म इंस्टीट्यूट तक में गांजा और नशे को लेकर नसीर ने अपनी जिन्दगी के उन सारे पन्नों को खोल दिया है जिसको लेकर आमतौर पर सामान्य आदमी भी घबराता है। नसीर ने अपनी इस किताब में अपने समकालीन कलाकारों पर भी टिप्पणी की है और एनएसडी और फिल्म इंस्टीट्यूट के दौर को बेहद जीवन्तता से जिया है। उनकी जिन्दगी में ओमपुरी के अलावा जसपाल भी उनके खास दोस्त थे। जसपाल ने किस तरह से नसीर के भरोसे को तोड़ने की कोशिश की उस पर भी बेबाकी से लिखा गया है। नसीर और रत्ना पाठक का प्यार पहली नजर का प्यार है। एक दिन वो सड़क किनारे गन्ने की रस की दुकान पर सत्यदेव दुबे से बातें कर रहे थे वहीं उन्होंने रत्ना को देखा था। उस दौर में नसीर तन्हाई भी झेल रहे थे लिहाजा प्यार को परवान चढ़ते देर नहीं लगी। नसीर ने अपनी इस किताब में रत्ना पाठक को लेकर कई बेहद दिलचस्प टिप्पणियाँ की हैं। उन्होंने कहा है कि रत्ना एक मजबूत स्त्री हैं, जिन्होंने नसीर को कई बार सँभाला। नसीर साहब की इस आत्मकथा को पढ़ने के बाद यह कहा जा सकता है कि काफी दिनों के बाद एक ईमानदार आत्मकथा पाठकों के सामने आई है। इसके पहले विनोद मेहता ने अपनी आत्मकथा लखनऊ ब्याय में इसी तरह का ईमानदार लेखन किया था। लेकिन नसीर की ये आत्मकथा उनकी उम्र के चासीलवें दशक पर आकर खत्म हो जाती है। उम्मीद की जानी चाहिए कि नसीरुद्दीन शाह अपनी इस अधूरी आत्मकथा को पूरा करेंगे।

वहीदा रहमान

वहीदा रहमान को स्विम सूट पहनने पर आपत्ति थी। उन्होंने कहा कि इस वक्त मैं छोटी हूं लिहाजा स्विम सूट नहीं पहन सकती हूं, जब मैं बड़ी हो जाऊंगी तो सम्भव है कि उसको पहनूं। राज खोसला ने भड़कते हुए कहा कि जब इतनी ही शर्म आती है तो फिल्मों में काम क्यों करने आई हो। गुरुदत्त और राज खोसला के सामने वहीदा ने कहा कि वे खुद से चलकर नहीं आईं, है उनको तो बुलाया गया है। बाद में वहीदा की शर्त मान ली गयी।

वहीदा रहमान : यादों का दौर

वाकया पुराना लेकिन बेहद दिलचस्प है। गुरुदत्त हैदराबाद के एक फिल्म डिस्ट्रीब्यूटर के दतर में बैठे थे। अचानक बाहर सड़क पर शोरगुल होने लगा। गुरुदत्त ने अपने डिस्ट्रीब्यूटर दोस्त से पूछा कि क्या बाहर कोई प्रदर्शन वगैरह हो रहा है। उनके मित्र ने उन्हें बताया कि शोरगुल की वजह कोई प्रदर्शन नहीं बल्कि तेलुगू स्टार हैं जो उस इलाके से गुजर रहे हैं। उनको देखने के लिए उनके प्रशंसक बेकाबू हो रहे हैं, लिहाजा हो हल्ला मचा है। फिर तेलुगू फिल्म की बात चल निकली तो उन डिस्ट्रीब्यूटर साहब ने बातों-बातों में बताया कि इन दिनों एक नई लड़की के एक गाने को लेकर दर्शक पागल हो रहे हैं। तेलुगू फिल्म की इस नई सनसनी का नाम वहीदा रहमान है। हालत यह हो गयी है कि इन दिनों उस फिल्म की स्टारकास्ट कहीं जाती है तो दर्शक वहीदा को मंच पर बुलाने की माँग करते हैं। उनकी बातें सुनते हुए गुरुदत्त बुदबुदाते हैं–वहीदा रहमान। फिर तो ये लड़की मुसलिम है। गुरुदत्त ने डिस्ट्रीब्यूटर मित्र से पूछा कि क्या वो लड़की उर्दू बोलती है। सकारात्मक जवाब मिलते ही गुरुदत्त ने वहीदा रहमान से मिलने की इच्छा जताई और कहा कि वे अपनी नई फिल्म के लिए इन दिनों नए कलाकारों की तलाश में हैं। उस डिस्ट्रीब्यूटर ने फिर प्रोड्यूसर सी वी रामकृष्ण प्रसाद को फोन कर मीटिंग करवाने का अनुरोध किया। प्रसाद बाबू ने गुरुदत्त का नाम नहीं सुना था। उन दिनों न तो इतनी फिल्मी पत्रिकाएँ थीं और न ही प्रचार के अन्य साधन, लिहाजा

दक्षिण भारत के लोग बॉलीवुड के निर्देशकों को कम ही जानते थे। किसी तरह से प्रसाद बाबू को समझाया गया और वे वहीदा की माँ से बात करने को राजी हुए। अगले दिन वहीदा रहमान अपनी माँ के साथ गुरुदत्त से मिलने पहुँचीं। आधे घंटे तक चली मुलाकात में गुरुदत्त ने सिर्फ इतना पूछा कि आपलोग कहाँ की रहनेवाली हैं। मुलाकात खत्म। वहीदा रहमान अपने घर मद्रास लौट गईं और गुरुदत्त वापस मुम्बई। तीन महीने बाद अचानक एक दिन मनुभाई पटेल नाम के एक शख्स मद्रास में वहीदा रहमान के घर पहुँचते हैं और उनको बताते हैं कि गुरुदत्त साहब ने उनको मुम्बई बुलाया है क्योंकि वे उन्हें अपनी फिल्मों के लिए साइन करना चाहते हैं। तीन महीने में वहीदा और उनकी माँ गुरुदत्त का नाम भूल चुकी थी। खैर जब याद आया तो वहीदा की माँ बहुत खुश हुईं। उन्होंने अपने दोस्तों से बात की तो सभी ने उन्हें मुम्बई जाने की सलाह दी। वहीदा की माँ मद्रास छोड़कर मुम्बई जाने में हिचक रही थीं क्योंकि उनको मुम्बई विदेश सरीखा लगता था। आखिर में उन्होंने प्रसाद से पूछा। प्रसाद ने कहा जाने में कोई हर्ज नहीं है पर ये कभी भी मत भूलना कि तुम्हारी बेटी किसी की गुलाम नहीं है।

इस तरह वहीदा रहमान, उनकी माँ और एक पारिवारिक मित्र जिनका नाम लिंगम था, मुम्बई पहुँच गए। ये सब कुछ हो रहा था साल उन्नीस सौ पचपन के आखिरी दिनों में। मुम्बई पहुँचने पर वहीदा रहमान को चर्चगेट के रिट्ज होटल में टिकाया गया। फिर वे महालक्ष्मी में फेमस स्टूडियो पहुँची जहाँ गुरुदत्त का दफ्तर था। कांट्रैक्ट साइन करने के लिए जब बातचीत शुरू हुई तो वहाँ कई अन्य लोगों के साथ सी आई डी फिल्म के निर्देशक राज खोसला भी मौजूद थे। बातचीत शुरू होते ही राज खोसला ने वहीदा रहमान से कहा कि उनका नाम बहुत बड़ा है और वह दर्शकों की जुबान पर नहीं चढ़ पाएगा लिहाजा वे अपना नाम छोटा कर लें या बदल लें। अपने तर्क के समर्थन में उन्होंने कई उदाहरण दिए। राज खोसला ने कहा कि युसूफ खान, दिलीप कुमार बन सकते हैं, महजबीन बानो, मीना कुमारी बन सकती हैं और मुमताज जहाँ मधुबाला बन सकती हैं, फातिमा, नरगिस बन सकती हैं तो वहीदा रहमान को नाम बदलने में क्या आपत्ति है। वहीदा रहमान ने नाम बदलने से साफ मना कर दिया। उन्होंने सबके सामने रोज खोसला से कहा कि मैं दो तमिल और दो तेलुगू फिल्म कर चुकी हूँ। सो उनके सामने पहचान का संकट है नहीं। इस गरमागरम बहस के दौरान गुरुदत्त चुपचाप अपनी टेबल पर कोहनी टिकाए बैठे रहे। कांट्रैक्ट साइन नहीं हो सका। वहीदा को बताया गया कि गुरुदत्त को सोचने के लिए वक्त चाहिए। अगली बैठक में वहीदा रहमान के नाम नहीं बदलने की बात मान ली गई। वहीदा की उम्र अठारह साल से कम थी लिहाजा कांट्रैक्ट उनकी माँ को साइन करना था। जब उनकी माँ कांट्रैक्ट साइन कर रही थीं तब

फिर से वहीदा ने एक फच्चर फँसा दिया। वहीदा ने कहा कि वो कांट्रैक्ट में एक शर्त जुड़वाना चाहती हैं। इसपर राज खोसला ने चिढ़कर कहा कि नई लड़कियाँ शर्त नहीं रखती हैं, कांट्रैक्ट साइन करती हैं। गुरुदत्त चुपचाप सबकुछ सुन रहे थे। वहीदा चाहती थी कि अगर उनको कोई ड्रेस पसन्द नहीं आएगा तो उसको नहीं पहनेंगी। यह बात कांट्रैक्ट में शामिल किए जाने के वहीदा के अनुरोध पर गुरुदत्त खड़े हो गए और कहा कि वे ऐसी फिल्में नहीं बनाते हैं। उन्होंने फिर वहीदा से पूछा कि क्या उन्होंने गुरुदत्त की कोई फिल्म देखी है। जवाब मिला नहीं। गुरुदत्त ने कहा कि इन दिनों शहर में उनकी फिल्म मिस्टर एंड मिसेज 55 चल रही है, जाकर देख कर आइए। माँ बेटी फिल्म देखने गईं। अगले दिन फिर बैठक हुई। वहीदा ने कहा फिल्म के कॉस्ट्यूम्स अच्छे थे लेकिन फिर भी वे शर्त जुड़वाना चाहती हैं। इस बार राज खोसला बिफर गए। उन्होने गुरुदत्त से कहा कि–गुरु तुम इस लड़की की बातें चुपचाप सुने जा रहे हो और कुछ बोल नहीं रहे। नायिकाओं की पोशाक तो सीन पर निर्भर करता है नायिकाओं की मर्जी पर नहीं। जवाब वहीदा ने दिया कि इस वक्त वे छोटी हैं लिहाजा स्विम सूट नहीं पहन सकती हैं, जब वे बड़ी हो जायेंगी तो सम्भव है कि उसको पहनें। वहीदा ने कहा उन्हें इस तरह के ड्रेस को पहनने में शर्म आती है। भड़के हुए राज खोसला ने कहा कि जब इतनी ही शर्म आती है तो फिल्मों में काम क्यों करने आई हो। गुरुदत्त और राज खोसला जैसे दिग्गजों के सामने अठारह साल की लड़की ने जो जवाब दिया वे सबको चुप करने के लिए काफी था। वहीदा ने कहा कि वे खुद से चलकर नहीं आईं, है उनको तो बुलाया गया है। उस दिन भी कोई फैसला नहीं हो सका। तीसरे दिन फिर माँ बेटी दफ्तर पहुँचती हैं तो कांट्रैक्ट पेपर में वहीदा की शर्त शामिल कर ली गयी थी। इसके बाद उनकी माँ ने गुरुदत्त फिल्म्स के साथ तीन साल के करार कर दस्तखत कर दिया। वहीदा इसको अपना भागय ही मानती हैं कि तमाम तरह की अड़चनों के बावजूद गुरुदत्त ने उनको अपनी फिल्म में ब्रेक दिया।

यह दिलचस्प वाकिया नसरीन मुन्नी कबीर ने अपने जमाने की सुपरस्टार रही फिल्म अभिनेत्री वहीदा रहमान से बातचीत के आधार पर लिखी दिलचस्प किताब–कनवरसेशन विद वहीदा रहमान में लिखी है। कांट्रैक्ट की जिस शर्त को लेकर वहीदा और गुरुदत्त फिल्म्स के बीच का करार तीन दिनों तक लटका रहा था, बाद में वही शर्त सीआईडी फिल्म के निर्माण के दौरान निर्देशक राज खोसला और वहीदा के बीच तनातनी की वजह बनी। फिल्म के दौरान कहीं पे निगाहें कहीं पर निशाना गाने को फिल्माने के दौरान पहने जानेवाले ब्लाउज को लेकर विवाद हुआ। फिल्म के निर्देशक राज खोसला चाहते थे कि वहीदा एक झीना सा ब्लाऊज पहनें, लेकिन वहीदा को इस बात पर आपत्ति थी। निर्देशक, कोरियोग्राफर, ड्रेस डिजायनर

सभी ने वहीदा को समझाने की कोशिश की लेकिन वे टस से मस होने को तैयार नहीं हुईं। फिल्म के हीरो देव आनंद को स्विटजरलैंड जाना था। मामला बुरी तरह से उलझ गया। फिर गुरुदत्त को बुलाया गया जो खंडाला में फिल्म प्यासा की स्क्रिप्ट पर काम कर रहे थे। गुरुदत्त ने भी वहीदा को समझाने की कोशिश की। ड्रेस डिजाइनर ने हाथ खड़े कर दिए कि इतनी जल्दी ब्लाउज को बदला नहीं जा सकता है। तब यह तय पाया गया कि वहीदा उस गाने के दौरान पहनने वाली ब्लाउज के उपर दुपट्टा डाल लेंगी। वही हुआ। गाना फिल्माया गया। ड्रेस को लेकर राज खोसला और वहीदा के बीच फिल्म सोलहवाँ साल में टकराहट हुई। राज खोसला चाहते थे कि एक सीन में वहीदा खुले कन्धे का ब्लाउज पहनें। लेकिन वहीदा एक बार फिर से अड़ गईं। इस़ बार तो राज खोसला बुरी तरह से उखड़ गए। वहीदा का तर्क था कि किरदार की माँग के मुताबिक नायिका के ड्रेस में खुलापन नहीं होना चाहिए क्योंकि जब नायक उससे पूछता है कि तुम्हारा नाम क्या है, तो नायिका कहती है लाजवंती। यह सुनकर नायक कहता है कि तभी तो तुमको इतनी लज्जा आती है। वहीदा का तर्क था कि फिल्म के संवाद और दृश्य के मुताबिक नायिका का खुले ड्रेस में आना उचित नहीं होगा। वहीदा के इस तर्क पर राज खोसला भड़क गए और चिल्लाते हुए कहा कि अब निर्देशन भी सीखना पड़ेगा। विवाद काफी बढ़ गया और राज खोसला ने तो यहाँ तक कह डाला कि तुम ना तो मधुबाला हो, ना ही मीना कुमारी और ना ही नरगिस। इस चक्कर में एक पूरे दिन की शूटिंग रद्द हो गई। राज खोसला और वहीदा के बीच का विवाद काफी बढ़ गया था और फिर दोनों ने लम्बे वक्त तक एक-दूसरे के साथ फिल्म में काम नहीं किया। लम्बे अरसे के बाद सनी देवल अभिनीत फिल्म में राज खोसला और वहीदा ने एक साथ काम किया।

इसके पहले भी नसरीन मुन्नी कबीर ने गुलजार, जावेद अख्तर, ए आर रहमान से बातचीत के आधार पर किताबें लिखी हैं। नसरीन मुन्नी कबीर की गुरुदत्त पर लिखी किताब खासी चर्चित हुई थी। वहीदा रहमान के साथ बातचीत की शैली में लिखी गयी इस किताब में वहीदा रहमान से जुड़ी कई दिलचस्प कहानियाँ हैं। वहीदा रहमान और गुरुदत्त के रिश्तों के बारे में फिल्मी दुनिया में कई तरह की किवदंतियाँ हैं। नसरीन मुन्नी कबीर से बातचीत में वहीदा रहमान ने बेहद गरिमापूर्ण तरीके से अपने और गुरुदत्त के रिश्तों पर कुछ भी बोलने से इनकार कर दिया। वहीदा ने कहा कि उन्हें पता है कि वे सार्वजनिक जीवन में हैं लेकिन उनका इस बात में यकीन है कि किसी का भी निजी जीवन हमेशा निजी ही रहना चाहिए। इस किताब में वहीदा ने अपने बचपन, फिल्मी दुनिया में प्रवेश, सत्यजित रे की फिल्म अभिजन आदि से जुड़ी अपनी यादें ताजा और साझा की हैं। वहीदा रहमान और सत्यजित रे के बीच की पहली मुलाकात की भी दिलचस्प कहानी इस किताब में है। सत्यजित

रे ने वहीदा रहमान को अपनी फिल्म में काम करने का प्रस्ताव बी के करंजिया के माध्यम से पत्र लिखकर भेजा था। प्रस्ताव मिलने के कुछ दिनों बाद वहीदा और सत्यजीत रे के बीच बातचीत हुई। पहली बातचीत में ही सत्यजित रे ने वहीदा से कहा कि वे छोटे बजट की फिल्म बनाते हैं और वहीदा को हिन्दी फिल्मों में काम करने के लिए काफी पैसे मिलते हैं। रे ने कहा कि उनके पास इतने पैसे नहीं हैं कि वे वहीदा को साइन कर सकें लेकिन वह चाहते हैं कि वहीदा उनकी फिल्म में काम करें। इस पूरे प्रसंग से सत्यजित रे जैसे जीनियस निर्देशक की मनःस्थिति और फिल्म को लेकर उनका कमिटमेंट सामने आता है। उस दौर में सत्यजीत रे, आर के नारायण के उपन्यास गाइड पर फिल्म बनाना चाहते थे। उन्होंने वहीदा को उपन्यास पढ़ने को भी कहा था। वे वहीदा को उस फिल्म में रोजी की भूमिका देना चाहते थे। नियति का चक्र कुछ ऐसा चला कि फिल्म देवानंद ने बनाई पर रोजी की भूमिका वहीदा रहमान ने ही निभाई। फिल्मी दुनिया के अलावा वहीदा ने इस किताब में अपने परिवार पर भी विस्तार से बताया है। जब वे सिर्फ उन्नीस साल की थीं तो उनकी माँ का निधन हो गया। मायानगरी में अकेली कैसे उन्होंने अपने और अपने कॅरियर को सँभाला सबकुछ इस किताब में है। वहीदा रहमान ग्लैमरस लेकिन संजीदा नायिका रही हैं, इस किताब से उनकी यह छवि पुष्ट होती है।

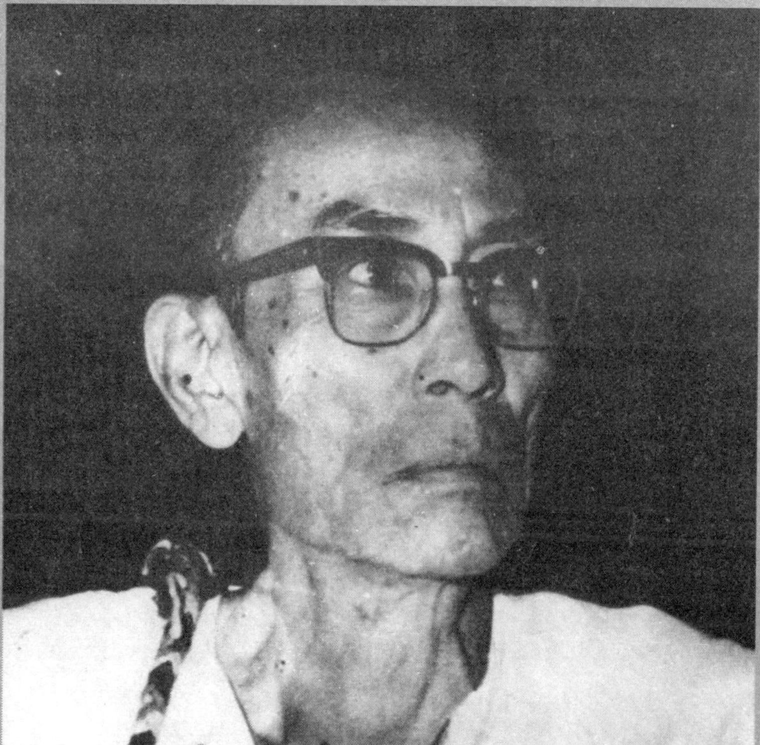

एस डी वर्मन

लता की वापसी का किस्सा भी काफी दिलचस्प है, लेकिन इसके भी अलग अलग वर्जन हैं। आर डी बर्मन के एक गाने के सिलसिले में लता मंगेशकर उनके बंगले पर जूनियर बर्मन से मिलने पहुँचीं। वहाँ पहुँचते ही लता मंगेशकर ने पंचम दा से पूछा कि सीनियर बर्मन कहाँ हैं। राहुल देव बर्मन ने कहा कि वो बगल के कमरे में बैठे हैं। पाँच साल का मनमुटाव एक मिनट में खत्म। लता सचिन दा के कमरे में पहुँचीं और फिर सचिन दा ने पूछा कि तुम अपने कितने गानों की डेट्स मुझे दे सकती हो। लता मंगेशकर ने जवाब दिया कि जितनी आप चाहें। फिर दोनों साथ।

एस डी बर्मन : संगीत ही सर्वस्व

तुम मुझे हारमोनियम, तबला और लोता दे दो तो मैं यादगार गीत तैयार कर सकता हूँ। मशहूर संगीतकार सचिन देव बर्मन अपने बंगाली उच्चारण की वजह से जीवनपर्यंत लता मंगेशकर को 'लोता' ही कहते रहे। लता मंगेशकर को सचिन देव बर्मन अपने गीतों के लिए बहुत ज्यादा अहमियत देते थे, लेकिन दोनों के बीच लम्बे वक्त तक मनमुटाव रहा। उस दौर के बॉलीवुड को जानने वाले लता मंगेशकर और सचिनदेव बर्मन के बीच के लम्बे मनमुटाव को अलग-अलग तरह से व्याख्यायित करते हैं। फिल्म संगीत पर लिखनेवाले कई लेखकों का दावा है कि फिल्म 'सितारों से आगे' के एक गाने 'पग ठुमक चलत बल खाए की' रिकॉर्डिंग को लेकर दादा और उनकी 'लोता' के बीच मनमुटाव हुआ। कहा जाता है कि सचिन देव बर्मन इस गाने की रिकॉर्डिंग को लेकर खुश नहीं थे और वे इसे फिर से गवाना चाहते थे। उन्होंने अपने सहायक जयदेव की मार्फत लता मंगेशकर को इस बावत सन्देश भिजवाया तो लता ने कहा कि अभी उनके पास वक्त नहीं क्योंकि वे विदेश जा रही हैं। दादा ने एक बार फिर सन्देश भेजा कि विदेश से लौटकर रिकॉर्ड करवा दें, लेकिन लता की ओर से ठोस जवाब नहीं मिलने पर वे कुपित हो गए और उनसे गाना नहीं गवाने का फैसला किया। दादा बर्मन ने जयदेव की ही मार्फत सन्देश भिजवा दिया कि उन्हें लता की जरूरत नहीं है। अगर हम इन दोनों के बीच के रिश्तों की बारीकी में जाएं तो ये लगता है कि पहले से कुछ

गड़बड़झाला चल रहा था। लता गाती रहेगी तो गीत-संगीत चलता रहेगा जैसी बात कहने वाले सचिन दा लता के पास जयदेव के मार्फत सन्देश भिजवाते हैं। लता का गाना पसन्द नहीं आने पर उनसे खुद बात नहीं करते हैं, यह संकेत संबंधों में आए ठंडेपन को हो तो इंगित करता है। सत्या सरण की सचिन देव बर्मन की नई किताब 'सुन मेरे बंधु रे' में इस प्रसंग पर विस्तार से चर्चा नहीं है सिर्फ संकेतों में बात की गयी है। सत्या सरण ने अपनी इस किताब में इस बात का दावा किया है कि फिल्म 'बंदिनी' के गानों से सचिनदेव बर्मन और लता मंगेशकर के बीच रिश्तों की बर्फ पिघली थी। सत्या सरण ने लिखा है कि फिल्म 'बंदिनी' के गाने 'मोरा गोरा अंग लै ले, मोहे शाम रंग दै दे' की रिकॉर्डिंग पर दोनों मिले। सत्या सरण के इस दावे के पर भी अलग अलग लोगों की अलग-अलग राय है। कई लोगों का कहना है कि उन्नीस सौ बासठ की फिल्म 'डॉ विद्या' के गाने 'पवन दीवानी न माने, उड़ावे मोरा घूंघटा' से लता की वापसी हुई। पर मोटे तौर पर इस बात पर फिल्म के जानकारों में एक राय है कि 'डॉ विद्या', 'बंदिनी' और 'मेरी सूरत तेरी आँखें' के गानों से लता की सचिनदेव बर्मन कैंप में वापसी हुई थी।

लता की वापसी का किस्सा भी काफी दिलचस्प है, लेकिन इसके भी अलग अलग वर्जन हैं। सत्या सरण ने अपनी किताब में मशहूर फिल्म पत्रकार सुभाष के झा के हवाले से कहा है कि आर डी बर्मन के एक गाने के सिलसिले में लता मंगेशकर उनके बंगले पर जूनियर बर्मन से मिलने पहुँचीं। वहाँ पहुँचते ही लता मंगेशकर ने पंचम दा से पूछा कि सीनियर बर्मन कहाँ हैं। राहुल देव बर्मन ने कहा कि वो बगल के कमरे में बैठे हैं। पाँच साल का मनमुटाव एक मिनट में खत्म। लता सचिन दा के कमरे में पहुँचीं और फिर सचिन दा ने पूछा कि तुम अपने कितने गानों की डेट्स मुझे दे सकती हो। लता मंगेशकर ने जवाब दिया कि जितनी आप चाहें। फिर दोनों साथ। लेकिन एक और वर्जन है जिसका जिक्र अन्य जगहों पर मिलता है। कहा जाता है कि राहुल देव बर्मन की फिल्म छोटे नबाव के लिए लता उनके घर की सीढ़ियों पर बैठकर राहुल देव बर्मन के साथ रियाज करती थीं। यह जानकर सचिन देव बर्मन का दिल पिघल गया कि लता उनके बेटे की पहली फिल्म के लिए इतनी मेहनत कर रही हैं। उसके बाद तो दादा बर्मन ने फोन कर लता को उलाहना दिया कि वे उनकी फिल्मों के लिए गाना क्यों नहीं गाती हैं। इसके साथ ही उन्होंने अपनी फिल्मों में गाने के लिए लता मंगेशकर से अनुरोध किया। लता मंगेशकर एकदम से तैयार हो गईं। फिल्मों पर पैनी नजर रखनेवाले कई लेखक इसको लता की व्यावहारिकता से भी जोड़कर देखते हैं। लता के सचिन देव बर्मन की फिल्मों से दूर रहने का सबसे ज्यादा फायदा उनकी बहन आशा भोंसले को हुआ। आशा भोंसले पहले भी दादा बर्मन के साथ गाने गा रही थीं लेकिन जब दादा और लता

के बीच मनमुटाव बढ़ा तो सचिन देव बर्मन ने आशा के साथ कठिन फॉर्म के गाने भी करने शुरू किए। 'काला पानी' का मुजरा शैली का गीत 'नजर लागी राजा तोहे बंगले पर' तो अमर ही हो गया।

दरअसल सचिन देव बर्मन की आदत थी कि वे अलग-अलग मूड के गानों के लिए अलग-अलग गायकों का चयन करते थे। जब हिन्दी सिनेमा में नायकों के लिए गायकों की आवाज तय थी तो उस दौर में सचिनदेव बर्मन ने अलग-अलग फिल्मों के नायकों के गाने भी अलग अलग गायकों से गवाए। देवदास में वैजयंतीमाला पर फिल्माए गाने 'अब आगे तेरी मर्जी, मोरे सैंया, मोरे बलमा' को सचिनदेव बर्मन ने लता मंगेशकर से गवाया था, क्योंकि उनका मानना था कि ठुमरी और मुजरा शैली के गाने लता बेहतर तरीके से गा सकती हैं। इसी तरह से उन्होंने देव आनंद को अलग-अलग फिल्मों में अलग-अलग गायकों की आवाज दी। सचिनदेव बर्मन अपने संगीत को लेकर बेहद आश्वस्त रहते थे। यही आश्वस्ति उनकी ताकत भी थी और कभी कभार यही आश्वस्ति उनके अहम को भी बढ़ा देती थी। इसी के चलते कभी उनका टकराव साहिर से हुआ तो कभी उन्होंने गुलज़ार को नाराज कर दिया तो कभी लता से बोलचाल बन्द तो कभी मुकेश से खुंदक।

इसी तरह से सत्या सरण ने अपनी किताब में गुलज़ार के मोटर गैराज में काम करते हुए गीतकार बनने की कहानी का भी जिक्र किया है लेकिन गुलज़ार के हवाले से। गुलज़ार उस वक्त एक मोटर गैराज में पेंटर का काम करते थे लेकिन शैलेन्द्र के संपर्क में थे। शैलेन्द्र ने उन्हें बिमल राय से मिलने की सलाह दी। पहले गुलज़ार हिचकिचाए पर शैलेन्द्र के कहने पर उनसे मिलने चले गए। अब बिडंबना देखिए, गुलज़ार ने उस वक्त शैलेन्द्र से कहा था कि उनकी रुचि साहित्य में है और फिल्मों के लिए गीत लिखने में उनकी कोई रुचि नहीं है। उसके बाद 'मोरा गोरा अंग लै ले' की सफलता ने गुलज़ार को पहचान दी। लेकिन इस एक गाने के बाद सचिन देव बर्मन ने गुलज़ार को दरकिनार कर दिया क्योंकि शैलेन्द्र से उनके गिले शिकवे दूर हो गए थे। गुलज़ार के लिए सचिनदेव बर्मन की ये उपेक्षा एक अवसर लेकर आया। गुलज़ार के प्रति सचिन देव बर्मन के रवैये को देखते हुए बिमल रॉय ने उन्हें अपना असिस्टेंट बना लिया। उसके बाद की कहानी इतिहास में दर्ज है। इसी तरह से साहिर और सचिन की जोड़ी धूम मचा रही थी तो दोनों के बीच अहम का टकराव शुरू हो गया। सचिन देव बर्मन को लगता था कि संगीत सर्वोपरि है और वे अपनी धुनों के हिसाब से शब्दों को बदलवा देते थे वहीं साहिर गीतों को सर्वोपरि मानते थे। 'प्यासा' फिल्म के एक गीत के एक शब्द को लेकर सचिनदेव बर्मन और साहिर के बीच ठन गई। साहिर शब्द को नहीं बदलने पर अड़ गए और दादा को मुँह की खानी पड़ी। उसके बाद साहिर ने शर्त रख दी उन्हें सचिन

देव बर्मन से एक रुपया ज्यादा मेहनताना मिलना चाहिए। साहिर उस वक्त अपनी लोकप्रियता के शिखर पर थे लेकिन दादा को साहिर की ये शर्त नागवार गुजरी और उन्होंने दोस्ती तोड़ ली।

सत्या सरण की इस किताब में सचिन देव बर्मन के बचपन से जुड़ी कहानियाँ भी हैं, फिर मुम्बई में उनका संघर्ष और सफलता की कहानी भी है। सचिन देव बर्मन के मन में बचपन से ही संगीत को लेकर एक जबरदस्त आकर्षण था। सचिन देव बर्मन त्रिपुरा राज परिवार के वारिस थे। उनका जन्म कुमिल्ला शहर में हुआ था जो त्रिपुरा राज्य का हिस्सा था लेकिन बँटवारे के बाद बांग्लादेश में चला गया। सचिन देव बर्मन को संगीत विरासत में मिली। उनके पिता गीत संगीत के प्रेमी थे और उनके दरबार में संगीत की महफिलें आम थी। संगीत की पहली शिक्षा उनको अपने पिता से ही मिली। कालांतर में सचिन ने उस्ताद बादल खान और भीष्मदेव चट्टोपाध्याय से तालीम हासिल की। इन दोनों की संगत में शास्त्रीय संगीत में उनकी बुनियाद मजबूत हुई। उस्ताद अलाउद्दीन खान की सोहबत में उन्होंने बांसुरी बजाने में महारत हासिल की। उनकी फिल्मी दुनिया में प्रवेश की कहानी भी दिलचस्प है। पंकज मलिक की फिल्म 'यहूदी की लड़की' के लिए गाना गाया था। कुछ वजहों से उनका गाना हटाकर उसे पहाड़ी सान्याल से गवा लिया गया। सत्या सरण की इस किताब के ब्लर्ब पर इस बात के पर्याप्त संकेत हैं कि संस्मरणों, साक्षात्कारों, लेखों आदि के आधार पर इस किताब में सचिन देव बर्मन की जिन्दगी को जोड़ने की कोशिश की गयी है। तथ्यों को नैरेटिव के माध्यम से दिलचस्प बनाने का दावा भी किया गया है। किताब को पढ़ने के बाद यह बात साफ तौर पर उभर कर आती है कि सचिन देव बर्मन पर अबतक जितना कुछ छपा है उसके चुनिंदा अंशों को इकट्ठा कर उनकी जीवनी का स्वरूप देने का प्रयास किया गया है।

साहिर लुधियानवी

साहिर ने इस बात का खास ध्यान रखा कि फिल्मों के पोस्टर और क्रेडिट रोल में उनका नाम जाए और गीतकारों को जो रकम मिले वह उनकी प्रतिष्ठा के हिसाब से हो। साहिर के गीतों ने लोकप्रियता के तमाम रिकॉर्ड तोड़ दिए थे लिहाजा फिल्म निर्माता उनके दरवाजे पर लाइन लगाकर खड़े होते थे और उनकी शर्तें मानने को तैयार होते थे। एक तरह से कह सकते हैं कि संगीतकारों को जो प्रतिष्ठा नौशाद ने दिलवाई वही प्रतिष्ठा गीतकारों और शायरों को साहिर ने दिलवाई।

साहिर लुधियानवी : गीतकारों के सरताज

'तू हिन्दू बनेगा ना मुसलमान बनेगा/इनसान की औलाद है इनसान बनेगा,' से लेकर—'ये महलों ये तख्तों ये ताजों की दुनिया'/से लेकर—'ये देश है वीर जवानों का/अलबेलों का मस्तानों का'/से लेकर 'न मुँह छुपा के जियो/ना सर झुका के जियो' तक साहिर की शायरी में एक खास किस्म का विद्रोह दिखाई देता है। साहिर के सारे गानों में एक सूत्र है, जिनसे अगर एक तस्वीर बनाई जाए तो वह एक प्रगतिशील लेखक की बनती है। लेकिन साहिर की प्रगतिशीलता में एक खास किस्म की रूमानियत भी है जो उनकी शायरी—'ये जुल्फ अगर खुल के बिखर जाए तो अच्छा' में दिखती है। साहिर ने पहले शायरी कि दुनिया में अपना एक मुकाम हासिल किया, साहित्य के क्षेत्र में पहचान बनाई और उसके बाद फिल्मों की दुनिया में गए। साहिर ने जब लिखना शुरू किया था तो शायरी की दुनिया में जोश मलीहाबादी, फिराक, फैज और मजाज का डंका बजा करता था। जाहिर तौर पर साहिर पर भी थोड़ा बहुत प्रभाव अपने मशहूर समकालीन शायरों का था। शायरी की दुनिया के जानकारों का मानना है कि शुरुआती दौर में साहिर की शायरी पर फैज का काफी प्रभाव था। वे भी उनकी ही तरह शब्दों को बेहद खूबसूरती से पिरोते थे और स्थितियों को इस तरह से क्रिएट करते थे कि एक रूमानी वातावरण बन सके। लेकिन बाद के दिनों में साहिर की शायरी में तल्खी और विद्रोह का स्वर बढ़ता ही चला गया। जानकारों का मानना है कि साहिर

की शायरी में उनका व्यक्तिगत संघर्ष और अपने पिता और अपनी प्रेमिका के पिता के खिलाफ उनका विद्रोह भी परिलक्षित होने लगा था। यहीं से उनकी शायरी की राह जुदा होती है और वे फैज और मजाज के प्रभाव से मुक्त हो जाते हैं। उर्दू शायरी के आलोचकों का मानना है कि साहिर की शायरी में इश्क की नाकामी, मोहब्बत को हासिल ना कर पाने की टीस और दर्द के अलावा समाज की रीति नीतियों के खिलाफ मन में नफरत का समंदर जब हिलोरें लेता था तो साहिर की शायरी बेहतरीन शक्ल अख्तियार कर लेती थी। साहिर की शायरी और उसके पीछे के दर्द को जानना समझना हमेशा से मेरे लिए दिलचस्प रहा है। फिल्मों के जानकारों से साहिर के व्यक्तित्व पर लंबी-लंबी चर्चा होती रही है। अभी जब साहिर लुधियानवी पर अक्षय मनवाणी कि किताब—साहिर लुधियानवी, द पीपल्स पोएट आई तो मैंने लगभग सवा तीन सौ पन्नों की इस किताब को लपककर पढ़ डाला।

साहिर का बचपन व्यवस्थित नहीं रहा था और उनके पिता चौधरी फजल मुहम्मद एक अय्याश थे। जमींदार होने की वजह से पैसों की कमी नहीं थी लिहाजा अय्याशी की ओर प्रवृत्त होने में देर नहीं लगी। साहिर के पिता चौधरी साहब ने एक के बाद एक कई शादियाँ की। अपनी अय्याशी को पूरा करने के लिए चौधरी साहब ने अपनी जमीनें बेचनी शुरू कर दी। पहले तो साहिर की माँ सरदार बेगम छह महीने के अपने बेटे को लेकर अपने मायके में रहने चली गईं थीं। फिर वापस लौटीं और चौधरी के खिलाफ मुकदमा कर अपना हक हासिल किया। मुकदमे के दौरान का भी एक दिलचस्प प्रसंग है। अदालत में जज ने जब चौधरी से पूछा कि क्या तुम अब्दुल (साहिर के बचपन का नाम) की परवरिश और शिक्षा का ख्याल रखोगे तो चौधरी ने कहा कि एक जमींदार के बेटे को शिक्षा की कोई जरूरत नहीं होती है। शिक्षा जीवनयापन करने का जरिया मात्र है और उनके बेटे को जिन्दगी गुजारने के लिए पैसे की कोई कमी नहीं है। तब जज ने अब्दुल से पूछा कि वह किसके साथ रहना चाहता है। अब्दुल ने अपनी माँ की ओर इशारा किया। इस तरह चौधरी और सरदार बेगम के अलगाव के साथ-साथ साहिर अपनी माँ के हिस्से में आ गए। साहिर का बचपन ननिहाल में गुजरा और उस अनुभव की छाप उनके जीवन और लेखन दोनों पर अन्त तक बन रही। जैसे-जैसे साहिर बड़े होते चले गए उनका घर-परिवार की परेशानियों से सामना होने लगा। साहिर ने अपनी माँ को अपने लिए तमाम तरह के दुख-दर्द सहते और झेलते देखा। माँ ने साहिर की परवरिश के लिए अपने तमाम गहने जेवर या तो गिरवी रख दिए थे या बेच दिए थे। तंगहाली और माँ की परेशानियों को देखते हुए साहिर को छोटी उम्र से ही कई तरह के काम करने पड़े ताकि जीवन चल सके। मुफलिसी के उन पलों में साहिर के अंदर एक विद्रोही जन्म लेने लगा था। साहिर ने जब फिल्मों के लिए लिखना शुरू किया तो

अमीरी-गरीबी, मुफलिसी और तंगहाली के खिलाफ नज्में आकार लेने लगी—उनकी एक नज्म देखिए—'जिन्दगी भीख में नहीं मिलती, जिन्दगी बढ़ के छीनी जाती है/ अपना हक संगदिल जमाने से, छीन पाओ तो कोई बात बने/पोंछकर अश्क अपनी आँखों से, मुस्कुराओ तो कोई बात बने/सर झुकाने से कुछ नहीं होगा, सर उठाओ तो कोई बात बने।' इस नज्म की आखिरी लाइन सर उठाओ तो कोई बात बने से साफ तौर पर विद्रोही तेवर को महसूस किया जा सकता है।

साहिर का मजहब तो इसलाम था लेकिन खालसा कॉलेज में पढ़ने की वजह से गुरवाणी से भी उनका साबका पड़ा और इस तरह की शिक्षा की वजह से उनकी मानसिकता और सोच धर्म और संप्रदाय की संकीर्णता से ऊपर उठ गई। साहिर की यही मानसिकता उनके गीतों में भी सामने आती है। नया रास्ता में लिखा उनका गीत—'जातों, नस्लों के बँटवारे, झूठ कहाँ ए तेरे द्वारे, तेरे लिए सब एक समान, सबको सन्मति दे भगवान, ईश्वर अल्ला तेरो नाम'—उनकी इसी धर्मनिरपेक्ष सोच की अभिव्यक्ति है। दरअसल साहिर दसवीं के बाद गवर्नमेंट कॉलेज लुधियाना आ गए थे और यहीं उनके जीवन के कई अहम मोड़ आए। यहीं उन्होंने उर्दू और फारसी के अलावा भारतीय दर्शन की पढ़ाई शुरू की। यही वह वक्त था जब साहिर स्टूडेंट फेडरेशन के संपर्क में आए और उनकी राजनीतिक चेतना का जन्म हुआ। स्टूडेंट फेडरेशन के संपर्क में आने के बाद साहिर ने कार्ल मार्क्स के लेखन को जमकर पढ़ा और उसके प्रभाव में आते चले गए। बाद में जब वे लाहौर के दयाल सिंह कॉलेज पहुँचे तो वहाँ उन्हें स्टूडेंट फेडरेशन का सदर बना दिया गया। सियासत का ऐसा चस्का लगा कि साहिर ने पढ़ाई छोड़ दी। इस बीच उनकी शायरी पत्र-पत्रिकाओं में छपकर शोहरत हासिल करने लगी थी। उन्नीस सौ पैंतालीस में उनका पहला संग्रह तल्खियाँ नाम से छपकर आया था। इस संग्रह ने साहिर को एक शायर के तौर पर प्रसिद्धि दिला दी। अक्षय मनवाणी की किताब में इन प्रसंगों की किसी ना किसी रूप मे चर्चा है। साहिर सिर्फ विद्रोही ही नहीं थे कॉलेज के दिनों से आशिक भी थे। युवा कवि के दिल पर पहली छाप पड़ी थी मोहिंदर चौधरी की जो उस वक्त लुधियाना के एक प्रमुख शख्सियत राम राज की बेटी थी। रामराज मशहूर वकील और कांग्रेस पार्टी के सदस्य थे। साहिर तो मोहिंदर के इश्क में इस कदर डूबे कि कॉलेज के अलावा उनके घर का भी चक्कर काटने लगे। एक दिन मोहिंदर को छत पर देखकर साहिर ने लिखा—'सामने इक मकान की छत पर/मुंतजिर किसी की एक लड़की है/मुझको नहीं उससे ताल्लुक कुछ/फिर भी सीने में आग भड़की है।' लेकिन कहते हैं ना कि हर किसी को मुकम्मल जहाँ नहीं मिलता। साहिर की मोहब्बत मोहिंदर क्षय रोग की शिकार हो गयी और उसकी मौत हो गई। यहीं से साहिर की शायरी में मोहब्बत नहीं मिल पाने के गम का प्रवेश होता है—'तुझसे भी इन्तजार

की जहमत ना हो सकी/ महफूज दो घड़ी वो अमानत ना हो सकी।' पर रोमांटिक मिजाज के साहिर जल्द ही मोहिंदर की याद से उबर कर ईशर कौर की आँखों में सुकून तलाशने लगे। लेकिन यहाँ भी उनको मंजिल नहीं मिल सकी।

लेकिन साहिर का मानना था कि 'तदबीर से बिगड़ी हुई तकदीर बना ले/ अपने पर भरोसा है तो एक दांव लगा ले।' साहिर ने दांव लगाया और फिल्मों में सफलता के झंडे गाड़ दिए। साहिर के पहले हिन्दी फिल्मों के शायरों को वह इज्जत हासिल नहीं थी जिसके वे हकदार थे। साहिर ने इस बात का खास ध्यान रखा कि फिल्मों के पोस्टर पर शायर का नाम जाए, फिल्मों के क्रेडिट रोल में उनका नाम जाए और गीतकारों को जो रकम मिले वह उनकी प्रतिष्ठा के हिसाब से हो। साहिर के गीतों ने लोकप्रियता के तमाम रिकॉर्ड तोड़ दिए थे लिहाजा फिल्म निर्माता उनके दरवाजे पर लाइन लगाकर खड़े होते थे और उनकी शर्तें मानने को तैयार होते थे। एक तरह से कह सकते हैं कि संगीतकारों को जो प्रतिष्ठा नौशाद ने दिलवाई वही प्रतिष्ठा गीतकारों और शायरों को साहिर ने दिलवाई। साहिर की जिन्दगी के अनेक पहलुओं को अक्षय मनवाणी ने अपनी इस किताब में समाहित किया है। साहिर की बात हो और अमृता प्रीतम और उनके बीच के मोहब्बत की बात ना हो यह सम्भव ही नहीं है। अक्षय ने भी अपनी इस किताब में एक पूरा अध्याय उस पर केंद्रित किया है। साहिर और अमृता के बारे में इतना कुछ लिखा जा चुका है कि उसमें नया कुछ भी नहीं है। लेकिन साहिर पर अक्षय ने बेहद श्रमपूर्वक कई तथ्यों को इकट्ठा कर एक मुकम्मल किताब लिखी है।

नौशाद

21 मार्च 1954 को मुम्बई के रीगल सिनेमा में आयोजित फिल्म फेयर अवॉर्ड समारोह में मंच पर दिलीप कुमार, मीना कुमारी, विमल राय के अलावा नौशाद भी मौजूद थे। नौशाद के पुरस्कार लेने के लिए मंच पर जाते वक्त जब बैजू बावरा का उनका गीत—तू गंगा की मौज मैं जमुना की धारा—बजा तो मिनटों तक तालियों की गड़गड़ाहट गूंजती रही। जब पूरे देश में अंग्रेजो भारत छोड़ो का नारा गूँज रहा था तो उसी दौर में नौशाद का गीत—अंखियाँ मिला के जिया भरमा के...लोगों की जुबां पर चढ़ चुके थे।

नौशाद : संगीत का कालखंड

भारतीय फिल्म जगत में एक से बढ़कर एक कलाकार हुए, एक से बढ़कर एक संगीतकार हुए, एक से बढ़कर एक गीतकार हुए और लता मंगेशकर से लेकर मुहम्मद रफी जैसे गायक हुए। इन व्यक्तित्वों और उनके योगदान को परखते हुए किताबों की तलाश करें तो सन्नाटा नजर आता है। कुछ किताबें अवश्य लिखी गईं लेकिन ज्यादातर तो लेखों के संग्रह ही हैं। मुझे लगता है कि हिन्दी में प्रगतिशीलता के जोर और साहित्य पर वामपंथियों का कब्जा इस सन्नाटे के लिए जिम्मेदार है। प्रगतिशील समुदाय फिल्म, गीत-संगीत, नृत्य आदि को उल्लास, वैभव, हर्ष का प्रतीक मानता है और वामपंथी विचारधारा इसको सर्वहारा के खिलाफ और अभिजात्य वर्ग का पोषक मानती रही है। इनके लिए तो कुमार गंधर्व और बिस्मिल्लाह खान पर लिखना भी गुनाह था, अमिताभ और ओमपुरी तक तो इनकी सोच ही नहीं पहुँच पाई। लिहाजा लम्बे समय तक वामपंथ के प्रभाव में रहा हिन्दी का साहित्य समाज इन विषयों को अछूत मानता रहा। जिसने लिखने की कोशिश की उनपर वामपंथियों ने जमकर हमले किए और उन्हें साहित्य से खारिज करने में कोई कोर कसर नहीं छोड़ी। नतीजा यह हुआ कि हिन्दी लेखन इन विषयों में पिछड़ता चला गया। गाहे बगाहे कोई गम्भीर किताब इन विषयों पर आती रहती है। जैसे दो हजार छह में पंकज राग ने 'धुनों की यात्रा' लिखी। धुनों की यात्रा हिन्दी फिल्म के संगीतकारों पर पर केंद्रित अहम किताब है जिसमें

1931 से लेकर 2005 तक के संगीतकारों की सृजनात्मकता को सामने लाया गया है। इसके अलावा हिन्दी के युवा रचनाकारों में यतीन्द्र मिश्र गम्भीरता से संगीत और संगीतकारों पर काम कर रहे हैं। कुछ किताबें मधुप शर्मा ने भी लिखी हैं। सम्भव है कि कुछ और गम्भीर किताबें प्रकाशित हुई हों लेकिन हिन्दी साहित्य में फिल्म और उससे जुड़े लेखन को साहित्य की मुख्यधारा में अब तक जगह नहीं मिल पाई है और ना ही लेखक को प्रतिष्ठा।

अभी हाल ही में राजू भारतन की नई किताब- नौशादनामा, द लाइफ एंड म्यूजिक ऑफ नौशाद आई है। राजू भारतन लम्बे समय से बॉलीवुड और उससे जुड़ी हस्तियों पर लिखते रहे हैं। फिल्मफेयर, संडे टाइम्स, इलस्ट्रेटेड वीकली ऑफ इंडिया और धर्मयुग में राजू ने फिल्म संगीत पर बहुत गम्भीरता से स्तंभ लिखा और उसके पाठकों को संस्कारित करने में अहम भूमिका निभाई। इस किताब में राजू भारतन ने माना है कि टाइम्स ग्रुप में तकरीबन चार दशक के अपने कार्यकाल में उन्होंने संगीत पर बहुत लिखा। 1995 में राजू भारतन ने लता मंगेशकर की जीवनी भी लिखी। लता की जीवनी पर कई लोगों को आपत्ति थी लेकिन उसकी खासी चर्चा हुई थी। उसके बाद राजू की एक और किताब आई। नौशादनामा उनकी तीसरी किताब है। भारतीय फिल्म संगीत में नौशाद को वो मुकाम हासिल है जो आमतौर पर नायकों को हासिल होता है। पचास के दशक में नौशाद एक फिल्म के एक लाख दस हजार रुपए लेते थे जबकि निर्देशकों को उसका आधा पैसा भी नहीं मिलता था। बाद में तो शंकर-जयकिशन की जोड़ी बीस हजार पर काम करती थी लेकिन नौशाद की शान और दाम दोनों में कोई कमी नहीं आई। एक और दिलचस्प तथ्य है कि 1953 के फिल्मफेयर अवॉर्ड सिर्फ पाँच कैटेगरी में दिए गए थे। 21 मार्च 1954 को मुम्बई के रीगल सिनेमा में आयोजित उस समारोह में मंच पर दिलीप कुमार, मीना कुमारी, विमल राय के अलावा नौशाद भी मौजूद थे। नौशाद के पुरस्कार लेने के लिए मंच पर जाते वक्त जब बैजू बावरा का उनका गीत—तू गंगा की मौज मैं जमुना की धारा—बजा तो चंद मिनट तक तालियों की गड़गड़ाहट गूंजती रही। जब पूरे देश में अंग्रेजो भारत छोड़ो का नारा गूँज रहा था तो उसी दौर में नौशाद का गीत—अंखियाँ मिला के जिया भरमा के...लोगों की जुबां पर चढ़ चुके थे। कहते हैं कि फिल्म रतन के लिए नौशाद को पच्चीस हजार रुपए मिले थे। ऐसे कई किस्से राजू भारतन ने अपनी इस किताब में लिखे हैं। तकरीबन साढे तीन सौ पन्नों की इस किताब को राजू भारतन ने इक्कीस अध्याय में बांटा है। इन अध्यायों को पढ़ने के बाद नौशाद और उनके संगीत की एक मुकम्मल तस्वीर उभरती है, उनके व्यक्तित्व और उनके परिवेश की भी।

नौशाद ने उस्ताद लड्डन खान, उस्ताद बब्बन साहब, उस्ताद युसूफ अली, उस्ताद उमर अंसारी और उस्ताद झंडे खान की शागिर्दी में संगीत की धुनों को

सीखा। 1935 में मुश्ताक हुसैन के आर्केस्ट्रा में प्यानिस्ट के तौर पर काम शुरू करनेवाले नौशाद ने फिर पीछे मुड़ कर नहीं देखा। नौशाद को हिंदुस्तानी संगीत में महारत हासिल था और वे अपनी फिल्मों के संगीत में हिंदुस्तानी संगीत और उसके वाद्यों के सुरों का इस्तेमाल कर जबरदस्त प्रभाव पैदा करते थे। नौशाद अपने संगीत में भारतीय शास्त्रीय संगीत और भारतीय देसी साज का इस्तेमाल करके धुनों को बेहद सुरीला और कर्णप्रिय बना देते थे। नौशाद अपने संगीत में लोकरंग और लोक संगीत का ऐसा सामंजस्य बिठाते थे कि लोग उनकी धुनों पर गुनगुनाने लगते थे। चाहे वो 'आवाज दे कहाँ है' या फिर 'जवां है मुहब्बत' या फिर 'आ जा मेरी बर्बाद मुहब्बत के सहारे' हो। इन सारे गानों में नौशाद ने भारतीय शास्त्रीय संगीत का पुट मिलाकर उसे अमर बना दिया। अपनी इस किताब में राजू भारतन ने नौशाद की इस खूबी को बहुत सूक्ष्मता और विस्तार से उदाहरण समेत उभारा है। बारहवें अध्याय–'क्लासिकल लीजेंड एंड रूड रियलिटी' में बैजू बावरा के गानों को आधार बनाकर लेखक इसको भारतीय फिल्म संगीत के क्षेत्र में क्रांति की तरह से देखते हैं। बैजू बावरा ने नौशाद को स्थापित तो किया ही उनको खासी शोहरत भी मिली। उसके बाद उन्होंने 1948 से लेकर 1952 तक चार साल दिलीप कुमार की फिल्मों के लिए संगीत दिए–मेला (1948), अंदाज (1949), बाबुल (1950), दीदार (1951) और आन (1952)। दिलीप कुमार की फिल्मों की सफलता का ज्यादातर श्रेय उसके नायक को ही मिलता था। नौशाद को उस वक्त लगा कि संगीत की सफलता के लिए सिर्फ उनकी मेहनत जिम्मेदार है तो वे अपनी सफलता को किसी के साथ क्यों साझा करें, लिहाजा उन्होंने दिलीप कुमार की फिल्मों से अलग फिल्मों को भी संगीत देने का फैसला लिया। तेरहवें अध्याय–'द मर्की सीन बिहाइंड द सिल्वर स्क्रीन' में राजू भारतन ने फिल्मी दुनिया के काले सच को उजागर किया है। फिल्मों पर लिखने की वजह से राजू भारतन को फिल्म के सेट्स और उनसे जुड़े लोगों की जानकारी होती थी, ग्रीन रूम से लेकर सेट्स और प्राइवेट फिल्मी पार्टियों तक तक उनकी पहुँच थी। इस वजह से भारतन की इस किताब में नौशाद के बहाने फिल्मी दुनिया में कला के समांतर चलनेवाली दुनिया भी चाहे अनचाहे सामने आ जाती है। फिल्मी सितारों के अलावा अन्य कलाकारों के बीच किस तरह की राजनीति होती है, राजू भारतन ने उसपर भी नौशादनामा में प्रकाश डाला है। नौशादनामा में राजू भारतन ने उस दौर में लता मंगेशकर और शमशाद बेगम के बीच की तनातनी को भी नौशाद के बहाने से लिखा है। लेकिन पूरी किताब में लेखक की आत्मा शमशाद बेगम के पक्ष में झुकी हुई दिखाई देती है।

इसी तरह से सुरैया के हवाले से राजू भारतन ने नौशाद के व्यक्तित्व को उभारने की कोशिश की है। सातवें अध्याय में सुरैया और देवानंद के प्रेम के अफसाने में नौशाद की भूमिका और उनकी राय के बारे में विस्तार से वर्णन हैं। इसका असर

बाद में बैजू बावरा फिल्म के दौरान नायिका के चुनाव के वक्त दिखता है जिसका जिक्र लेखक ने सोलहवें अध्याय में किया है। कहना न होगा कि लेखक कथा सूत्र को जहाँ छोड़ते हैं वहीं से उठाते हैं और उसको नए प्रसंग से जोड़कर एक प्रभाव पैदा करते चलते हैं। सोलहवें अध्याय में नौशाद की छवि इस तरह की गढ़ी गयी है कि यह संगीतकार यह जानता था कि कहां, किस वक्त और किस तरह से खुद को इस तरह से पेश किया जाए कि वह सफल हो सके। इसी तरह से फिल्मी जगत के अनेकों अनसुनी कहानियाँ भी इस किताब में हैं। जैसे कम लोगों को पता होगा कि बैजू बावरा फिल्म में पहले निर्माता सुरैया को लेना चाहते थे लेकिन डेट्स की वजह से मामला तय होने के बाद भी टल गया। फिल्म मीना कुमारी को मिली और उसके बाद की बातें तो इतिहास में दर्ज हैं।

कुल मिलाकर अगर हम इस किताब पर समग्रता में विचार करें तो नौशाद के बहाने लेखक राजू भारतन ने फिल्मी दुनिया के एक लम्बे कालखंड के इतिहास को समेटने की कोशिश की है। इस किताब से फिल्मी दुनिया के इतिहास की एक तस्वीर तो उभरती है लेकिन उस तस्वीर में राजू भारतन के पूर्वाग्रह साफ तौर पर देखे जा सकते हैं। यह पूर्वग्रह जायज भी है क्योंकि चालीस साल का लम्बा अनुभव किसी भी लेखक को इस या उस पक्ष में कर ही देता है। फिर जब लेखक अपने अनुभवों को कलमबद्ध करने बैठता है तो उसके अवचेतन में चल रही बातें और यादें लेखन को अपने हिसाब से मोड़ने की कोशिश करते चलते हैं। यह लेखक के लिए बड़ी चुनौती होती है कि वह इस दबाव से खुद को मुक्त रखकर वस्तुनिष्ठता के साथ लिख सके। लेकिन बहुधा लेखक इस दबाव से खुद को मुक्त नहीं कर पाते हैं। राजू भारतन भी नहीं कर पाए। बावजूद इसके यह किताब हिन्दी सिनेमा में संगीत के इतिहास को समझने में सहायक होती है।

मीना कुमारी

कमाल अमरोही को सोहराब मोदी की फिल्म जेलर के लिए एक सात साल की लड़की की तलाश थी। किसी की सलाह पर वे मास्टर अली बख्श के घर पहुँचे। मास्टर ने महजबीन को आवाज लगाई और जब वह बाहर आई तो उसके पूरे चेहरे में मसला हुआ केला लगा था। यहीं पहली बार कमाल अमरोही ने महजबीन को देखा। यह फिल्म महजबीन को नहीं मिली। जब वह थोड़ी बड़ी हो गयीं तो विजय भट्ट ने एक दिन उनका नाम बेबी मीना कर दिया। मास्टर अली बख्श को यह अच्छा नहीं आग लेकिन वह उस वक्त इस हैसियत में नहीं थे कि विजय भट्ट के प्रस्ताव का विरोध कर सकें। इस तरह से महजबीन, मीना कुमारी बन गईं।

मीना कुमारी : अनजाने चैप्टर

मीना कुमारी भारतीय फिल्मी दुनिया में एक ऐसा नाम हैं जिनकी जिन्दगी के अनगिनत किस्से जुड़े हैं। उनके बचपन, उनकी किशोरावस्था से लेकर जवानी और फिर मौत तक। साठ के दशक में बॉलीवुड पर मीना कुमारी का राज चलता था। उनकी फिल्में बॉक्स ऑफिस पर तहलका मचाती थी। उसी तरह उनके अफसाने भी अखबारों और पत्र-पत्रिकाओं की सुर्खियाँ बनते थे। कमाल अमरोही से शादी, फिर अलगाव और उसके बाद प्रेमियों की फेहरिश्त, फिल्मी पत्रिकाओं के लिए जरूरी विषय और गॉसिप मुहैया करवाते थे। फिल्मी पत्रिकाओं में उनकी मौत के बाद तो उनके किस्से धारावाहिक के तौर पर छपते रहे हैं। मुझे याद आ रहा है कि सन 2000 में एक फिल्मी पत्रिका में एच आई पाशा ने मीना कुमारी की मौत पर धारावाहिक सत्यकथा लिखी थी, जिसमें पात्रों के नाम बदल दिए गए थे। मीना कुमारी ने अपनी जिन्दगी मुफलिसी में शुरू की और जब उनकी मौत हुई तो भी अस्पताल के बिल भरने का पैसा नहीं था। बीच में उन्हें मिली शोहरत, बेशुमार दौलत, इज्जत, कई फिल्म फेयर पुरस्कार, लेकिन प्यार की तलाश में भटकते-भटकते उन्होंने शराब के गिलास का दामन थाम लिया। यहाँ उन्हें सुकून तो मिला लेकिन शराब का गिलास उन्हें मौत के रास्ते पर ले गईं। मौत का अफसाना भी मशहूर हो गया। पिछले साल जब मशहूर सम्पादक विनोद मेहता ने अपनी आत्मकथा लिखी थी उसमें उन्होंने उन्नीस सौ बहत्तर में मीना कुमारी की जिन्दगी

पर लिखी एक किताब का जिक्र किया था। किताब उस वक्त जयको पब्लिकेशन से छपी थी लेकिन बाद में उसके संस्करण नहीं छपे और किताब बाजार में अनुपलब्ध हो गई। अपनी आत्मकथा की सफलता से उत्साहित विनोद मेहता ने इस किताब को फिर से छपवाने का फैसला किया। अब यह किताब हार्पर कालिंस से नई भूमिका के साथ छपकर आई है। इस किताब को लिखने की भी बेहद दिलचस्प कहानी है। मीना कुमारी की मौत मार्च 1972 में होती है, जब वे अपनी लोकप्रियता के शिखर पर थीं। मीना कुमारी के पति कमाल अमरोही की फिल्म 'पाकीजा' उनकी मौत के महीने भर पहले रिलीज हुई थी। शुरुआत में फिल्म को दर्शकों का प्यार नहीं मिला और मुम्बई का मराठा मंदिर सिनेमा हॉल तो पहले ही हफ्ते में खाली रह गया था। फिल्म रिलीज के महीने भर बाद ही मीना कुमारी की मौत हो गयी और उसके बाद 'पाकीजा' ने लोकप्रियता के सारे मानकों को ध्वस्त कर दिया था। दर्शकों ने 'पाकीजा' देखकर मीना कुमारी को अपनी श्रद्धांजलि दी। मीना कुमारी की मौत के बाद 'पाकीजा' की सफलता से उत्साहित प्रकाशक ने विनोद मेहता को उनकी जीवनी लिखने का प्रस्ताव दिया गया था। उस वक्त विनोद मेहता एक विज्ञापन एजेंसी में कॉपीराइटर के पद पर कार्यरत थे। विनोद मेहता ने न केवल प्रस्ताव स्वीकार किया बल्कि आठ महीने में यह किताब लिखकर प्रकाशक को सौप दी।

इस किताब में विनोद मेहता ने 'माई हिरोइन' कहकर मीना कुमारी को संबोधित किया है और उनके कहने का अंदाज आम जीवनियों से जुदा है। किस्सागोई के अंदाज में माई हिरोइन की कहानी चलती रहती है। मीना कुमारी के बचपन से लेकर मौत तक की कहानी को विनोद मेहता ने बेहतर तरीके से कहने की कोशिश की है लेकिन मीना कुमारी के जीवन के इतने सिरे हैं कि विनोद मेहता सबको पकड़ नहीं पाए हैं। मीना कुमारी जीवनी धर्मेन्द्र और गुलज़ार के बगैर पूरी नहीं होती है। विनोद मेहता की इस किताब में मीना कुमारी की जिन्दगी के इन दो अध्याय पर सरसरी तौर पर लिखते हुए निकल गए हैं। हालांकि धर्मेन्द्र और मीना कुमारी के बारे में नहीं लिख पाने की सफाई विनोद मेहता ने नए संस्करण में दी है। उन्होंने लिखा है कि–'मुझे धर्मेन्द्र ने धोखा दिया जिसने मीना कुमारी का इस्तेमाल किया और फिर उसे छोड़ कर आगे बढ़ गया। धर्मेन्द्र ने मुझे कई बार मिलने का वक्त दिया लेकिन हर बार वो नहीं मिला।' विनोद मेहता दूसरे संस्करण की भूमिका में यह स्वीकार करते हैं कि धर्मेन्द्र मीना कुमारी के जीवन का वो दौर है जिसके बिना उनके हिरोइन की कहानी पूरी नहीं होती है। गुलज़ार और मीना कुमारी के बारे में विनोद मेहता खामोश हैं और यह इस किताब की कमजोरी है।

मीना कुमारी मास्टर अली बख्श और इकबाल बेगम की संतान थीं और विनोद मेहता के मुताबिक उनका जन्म एक अगस्त 1932 को मुम्बई के परेल अस्पताल में

हुआ था। मीना कुमारी के पिता अली बख्श उर्दू में थोड़ा बहुत लिखते थे, जिसकी वजह से वो मास्टर अली बख्श कहलाने लगे। वह बेहतरीन हारमोनियम भी बजाते थे। वह दौर मूक फिल्मों का दौर था और वे काम की तलाश में इस वक्त के पाकिस्तान के बहेरा से चलकर मायानगरी पहुँचे और यहाँ उन्होंने मूक फिल्मों के दौरान संगीत देने का काम शुरू किया। यहाँ आकर होने महाकवि टैगोर के परिवार की लड़की प्रभावती से दिल लगा लिया। प्रभावती मूक फिल्मों के दौरान डांस किया करती थी और मास्टर हारमोनियम बजाता था। सुर ऐसे मिले कि प्रभावती इकबाल बेगम बनकर मास्टर के घर आ गई। इकबाल ने इस शादी के बाद तीन लड़कियों—खुर्शीद, महजबीन और मधु को जन्म दिया। मास्टर और इकबाल की जोड़ी यश और पैसा दोनों कमा रहे थे। फिर घर पर बीमारी का साया आया। पहले अली बख्श और फिर इकबाल बीमार पड़ी। दोनों की बीमारी की वजह से बड़ी बहन खुर्शीद पर घर चलाने के लिए पैसे कमाने की जिम्मेदारी आ गयी थी लेकिन वह इतना नहीं कमा पा रही थी कि माँ-बाप का इलाज भी हो और घर का खर्च भी चले। तब अली बख्श ने तय किया उनकी तीनों बेटियाँ फिल्मों के लिए अलग-अलग तरीके का काम करेंगी। उस वक्त मीना कुमारी चार साल की थीं। उनके पिता लगातार प्रोड्यूसर्स को फोन पर उसके लिए काम माँग रहे थे। इस दौर में निर्माता-निर्देशक विजय भट्ट 'लेदर फेस' नाम की फिल्म बना रहे थे। इस फिल्म में जयराज और महताब की जोड़ी काम कर रही थी। एक छोटी बच्ची की जरूरत थी। उन्होंने मास्टर को महजबीन को लेकर आने को कहा। इस फिल्म की शूटिंग प्रकाश स्टूडियो में चल रही थी जो मास्टर के घर के सामने ही था और महजबीन वहाँ खेलने जाया करती थी। जब विजय भट्ट ने महजबीन को कैमरे के सामने खड़ा किया तो उसने बेहद सहजता से अपना काम निबटा दिया। इस छोटे से रोल के लिए विजय भट्ट ने मास्टर को उस वक्त 25 रुपए दिए। इसके बाद कई सालों तक महजबीन ने कई फिल्मों में बाल कलाकार की भूमिका निभाई, जिनमें अधूरी कहानी, पूजा, नई रोशनी, विजया, कसौटी और गरीब प्रमुख हैं। उसी दौर में एक और बाल कलाकार बेबी मुमताज भी फिल्मों में काम कर रही थी जो बाद में मधुबाला के तौर पर प्रसिद्ध हुई। दोनों की दोस्ती छुटपन से ही थी लेकिन बाद में प्रोफेशनल प्रतिद्वंदिता और बीच के लोगों की वजह से दोस्ती कमजोर पड़ गयी थी।

उसी वक्त कमाल अमरोही को सोहराब मोदी की फिल्म जेलर के लिए एक सात साल की लड़की की तलाश थी। किसी की सलाह पर वे मास्टर के घर पहुँचे। दिलचस्प प्रसंग है—मास्टर ने महजबीन को आवाज लगाई और जब वह बाहर आई तो उसके पूरे चेहरे में मसला हुआ केला लगा था। यहीं पहली बार कमाल अमरोही ने महजबीन को देखा। यह फिल्म महजबीन को नहीं मिली लेकिन उसकी प्रसिद्धि

का दौर जारी रहा और वह विजय भट्ट के लिए काम करती रहीं। जब वह थोड़ी बड़ी हो गयीं तो विजय भट्ट ने एक दिन उनका नाम बेबी मीना कर दिया। मास्टर अली बख्श को यह अच्छा नहीं आग लेकिन वह उस वक्त इस हैसियत में नहीं थे कि विजय भट्ट के प्रस्ताव का विरोध कर सकें। इस तरह से महजबीन, मीना कुमारी बन गईं।

बाल कलाकार की शोहरत के साथ मीना कुमारी फिल्म की हिरोइन बनीं और फिर कमाल अमरोही से प्यार हुआ। कार दुर्घटना में अस्पताल में भर्ती होने के दौरान कमाल और उनके बीच नजदीकियाँ बढ़ीं। कमाल के लिए मीना कुमारी मंजू और मीना के लिए कमाल चंदन बन गए। प्यार इतना परवान चढ़ा कि कालांतर में दोनों ने छिपकर निकाह कर लिया। बाद में जब मास्टर को पता चला तो वो आगबबूला हुए लेकिन होनी हो चुकी थीं। फिर कमाल से झगड़ा और अलगाव। अपनी हिरोइन की कहानी में विनोद मेहता ने कई जगह पर इस बात के संकेत भी दिए हैं कि बाद के दिनों में मीना कुमारी कमाल अमरोही से झूठ बोलकर कार्यक्रमों और पार्टियों में जाने लगी थी। जब कमाल को इसका पता चलता था तो जमकर झगड़ा होता था। उसके बाद कमाल लगातार मीना कुमारी की जासूसी करने लगे। उसपर शक करने लगे। एक पार्टी में मीना कुमारी दिलीप कुमार के साथ बैठे बातें कर रहे थे तो कमाल अमरोही ने वहाँ पहुँचकर बाधा डाली थी। फिर उनकी जिन्दगी में मशहूर थप्पड़ कांड आया जिसे विनोद मेहता ने बेहद शालीनता से चित्रित किया है। विनोद मेहता की कहानी से अलग कई कहानी और किवदंतियाँ इस बारे में प्रचलित हैं। इस कांड के बाद दोनों अलग हो गए। मीना कुमारी की जिन्दगी में शराब का प्रवेश तो दवा के तौर पर होता है लेकिन धर्मेन्द्र के आने के बाद शराब नियमित साथी हो गया। नजदीक से जानने वाले कहते हैं कि ब्रांडी से शुरुआत करनेवाली मीना कुमारी बाद के दिनों में ठर्रा भी पी लेती थीं।

वास्तव में मीना कुमारी का चित्रण या उनपर लिखना आसान काम नहीं है। 1972 में लिखी गयी विनोद मेहता की यह किताब हिन्दी सिनेमा में महिलाओं की स्थिति पर भी कहीं ना कहीं सवाल खड़े करती है।

ओम पुरी

ओम की देहगाथा शुरू होती है चौदह साल की उम्र से जब वह पहली बार अपने से चार गुनी बड़ी उम्र की महिला से शारीरिक संबंध बनाते हैं। उसके बाद भी ओम की जिन्दगी में आनेवाली महिलाओं की एक लंबी फेहरिश्त है—लेकिन ओम का पहला प्यार रोहिणी थी जिसने बाद में रिचर्ड अटनबरो की फिल्म गांधी में कस्तूरबा की भूमिका निभाई थी। कालांतर में फिर ओम के जीवन में उसके दोस्त कुलभूषण खरबंदा की दोस्त सीमा साहनी आई। सीमा प्रसिद्ध लेखिका इस्मत चुगताई और फिल्मकार शाहिद लतीफ की बेटी थी। दोनों के बीच लम्बा रिश्ता चला लेकिन ग्लैमर की दुनिया में बिंदास अंदाज में जीनेवाली सीमा को ओम के साथ संबंध रास नहीं आया क्योंकि वह शादी के बंधन में नहीं बंधना चाहती थी।

ओम पुरी : कन्फ्यूज्ड प्ले ब्वॉय

अपने बारे में दुनिया को क्या बताएं या उसे क्या जानना चाहिए इस बारे में गोस्वामी तुलसीदास ने कहा है—किए सहित सनेह जे अघ, हृदय राखि चेरी, संग बस किए शुभ, सुनाए सकल लोक निहोरि। मतलब यह कि परम प्रेमपूर्वक किए प्रचंड पापों को तो हृदय की अंधेरी कोठरी में छिपाकर रखना लेकिन दूसरे के किसी भी काम को ढोल पीट-पीटकर लोगों को सुनाना। लेकिन पिछले दिनों मशहूर फिल्म अभिनेता ओम पुरी की जीवनी—'अनलाइकली हीरो, ओम पुरी'—जब प्रकाशित हुई तो इस जीवनी में ओम के जीवन के विवादित सेक्स प्रसंगों को जमकर उभारा गया था। सतह पर यही लगता है जीवनी लेखिका और ओम पुरी की पत्नी नंदिता पुरी ने ओम की जिन्दगी को प्याज के छिलके की तरह उतारकर रख दिया लेकिन अगर आप निहितार्थ पकड़ने की कोशिश करेंगे तो ऐसा नहीं है। दरअसल हर विवादित सेक्स प्रसंग के पीछे एक स्थिति और परिस्थिति क्रिएट की गयी है ताकि ओम को कठघरे में नहीं खड़ा किया जा सके। तो एक तरह से नंदिता ने तुलसीदास की उक्ति को बेहद चतुराई से अपनी किताब में सही साबित किया है। जाहिर है इन अंशों के छपते ही विवाद शुरू हो गया क्योंकि इसमें ओम के अपने से बड़ी औरतों के सेक्स संबंधों को प्रमुखता से छापा गया था। साथ ही ओम के अपनी सगी मामी की ओर आकर्षित होने की ओर इशारा भी किया गया था। इन अंशों के अखबारों में छपते ही ओम पुरी लाल पीले

हो गए और जीवनी लेखिका को बुरा भला कहते हुए यह धमकी तक दे डाली कि वह किसी भी कीमत पर इस किताब को छपने नहीं देंगे। लेकिन जैसे-जैसे समय बीता यह बात साफ हो गयी कि यह प्रचार पाने के लिए की गयी एक सोची समझी रणनीति का हिस्सा था। जिसमें ओम और नंदिता को एक हद तक सफलता भी मिली। और चाहे दिल्ली हो या मुम्बई ओम हर जगह किताब के विमोचन के वक्त मौजूद रहे और अखबारों और टीवी चैनलों पर इंटरव्यू भी दिया। नतीजा यह हुआ कि कई दिनों तक अखबारों और टीवी चैनलों पर इस जीवनी की खासी चर्चा होती रही, जिसका असर बिक्री पर भी पड़ा ही होगा।

अब जब यह किताब छपकर सामने आई है तो सारी बातें साफ हो गयी हैं कि ओम पुरी के सेक्स संबंधों के बारे में इस किताब में ज्यादा कुछ है नहीं। दरअसल नंदिता पुरी ने इस किताब में अपने पति के जीवन के उन पहलुओं को सामने लाने की कोशिश की है जो अब तक आम लोगों के सामने नहीं आ पाया था। अंबाला में पैदा होनेवाले ओम पुरी का बचपन बेहद गरीबी में गुजरा। जब ओमपुरी सात साल के थे तो उनके पिता जो रेलवे स्टोर में इंचार्ज थे को चोरी के आरोप में जेल भेज दिया गया। जब उनके पिता जेल भजे गए तो रेलवे ने उनको दिया क्वार्टर भी परिवार से खाली करवा लिया। फटेहाली और तंगहाली में ओम के बड़े भाई वेद ने कुली का काम करना शुरू कर दिया और ओम पुरी को चाय की दुकान पर कप प्लेट साफ करना पड़ा। लेकिन परिवार की मुश्किलें कम नहीं हो रही थीं। खाने के लाले पड़ रहे थे तो सात साल का बच्चा एक दिन एक पंडित जी के पास गया लेकिन बजाए मदद करने के पंडित ने सात साल के बच्चे का यौन शोषण किया। तो एक इस तरह से ओम का बचपन डिस्टर्ब्ड रहा है।

ओमपुरी जब चौदह साल के थे तो उनके जीवन में एक टर्निंग प्वाइंट आया। यह वह दौर था जब ओमपुरी का संघर्ष शुरू हो चुका था। उनके आसपास कोई भी हमउम्र लड़की नहीं थी। उन्होंने महिला के रूप में या तो अपनी माँ को देखा था फिर मामी को या फिर मामी के घर काम करनेवाली पचपन साल की महिला शांति को। ओमपुरी का पहला शारीरिक संबंध यहीं बना। जब वे मामा के घर रह कर पढ़ाई कर रहे था तो उन्हें घर की कामवाली के साथ पानी लाने का जिम्मा सौंपा गया। वहीं पर शांति ने उनके अंगों से छेड़छाड़ शुरू की। यह सिलसिला चल ही रहा था कि अचानक एक दिन शाम के वक्त पचपन साल की कामवाली ने चौदह साल के किशोर को दबोच लिया, उस वक्त घर की बिजली गुल थी। उत्तेजित किशोर ने पहली बार अधपके बालों और टूटी दांतवाली महिला के साथ शारीरिक संबंध बनाया। लेकिन यहीं पर ओम ने एक चूक कर डाली। एक दिन रात को जब उनकी छोटी मामी सो रही थीं, तब उनके अस्त-व्यस्त कपड़ों को देखकर ओम

अपने पर काबू नहीं रख पाए और उन्होंने मामी के शरीर को प्यार से सहलाना शुरू कर दिया। अपने शरीर के अंगों के छुए जाने पर तमतमाई मामी उठी और नीचे चली गईं। अगले दिन सुबह ओमपुरी जब सोकर उठे तो उनके मामा ने उन्हें एक जोरदार तमाचा रसीद किया और अपने घर से निकाल दिया। एक बार फिर से संघर्ष की राह।

टी एस इलियट ने ठीक ही कहा है कि केवल अतीत ही वर्तमान को प्रभावित नहीं करता है- वर्तमान भी अतीत को प्रभावित करता है। इस वक्त ओमपुरी के अतीत को उनका वर्तमान प्रभावित कर रहा था। किसी तरह दोस्तों की मदद और अपने कठिन परिश्रम की वजह से ओमपुरी ने अपनी पढ़ाई पूरी की। यहाँ भी एक दिलचस्प प्रसंग है। यह सन 1965 -66 का दौर था और ओमपुरी लुधियाना में थे- एक दिन लुधियाना में सन 65 के पाकिस्तान युद्ध के विजेताओं का स्वागत देखकर ओमपुरी ने फौजी बनने की ठानी लेकिन उनके पिता ने ओमपुरी के इस सपने पर पानी फेर दिया और कठोरतापूर्वक फौज में जाने से मना कर दिया। ओमपुरी जब नौंवी क्लास में थे तो उनके मन में ग्लैमर की दुनिया में जाने की इच्छा होने लगी। अचानक एक दिन अखबार में उन्हें एक फिल्म के ऑडिशन का विज्ञापन दिखाई दिया और ओम ने उसके लिए अर्जी भेज दी। कुछ दिनों के बाद एक रंगीन पोस्टकार्ड पर ऑडिशन में लखनऊ पहुँचने का बुलावा था। साथ ही एंट्री फीस के तौर पर पचास रुपये लेकर आने को कहा गया था। तंगहाली में दिन गुजार रहे ओमपुरी के पास न तो पचास रुपये थे और ना ही लखनऊ आने-जाने का किराया, सो फिल्मों में काम करने का यह सपना भी सपना ही रह गया। यह फिल्म थी जियो और जीने दो।

एक कहावत है न कि जहाँ चाह वहाँ राह। वक्त के थपेड़ों से जूझता ओमपुरी दिल्ली आता है और नेशनल स्कूल ऑफ ड्रामा में एडमिशन ले लेता है। लेकिन यहाँ भी हिन्दी और पंजाबी भाषा में हुई अपनी शिक्षा को लेकर उसके मन में जो कुंठा पैदा होती है वह उसे लगातार वापस पटियाला जाने के लिए उकसाता रहता है। लेकिन उस वक्त के एनएसडी के डायरेक्टर अब्राहम अल्काजी ने ओमपुरी की परेशानी भांपी और एम के रैना को उससे बात करने और उत्साहित करने का जिम्मा सौंपा। एक बार मन से कुंठा गायब हुई और ओम पुरी ने फिर पीछे मुड़कर नहीं देखा। एनएसडी के बाद ओमपुरी का अगला पड़ाव राष्ट्रीय फिल्म और टेलीविजन संस्थान, पुणे था। यहाँ एनएसडी में बने दोस्त नसीरुद्दीन शाह भी ओम के साथ थे। जैसा कि आमतौर पर होता है कि पुणे के बाद अगला पड़ाव मुम्बई होता है वही ओम के साथ भी हुआ। यहाँ पहुँचकर फिर से एक बार शुरू हुआ फिल्मों में काम पाने के लिए संघर्षों का दौर। यहाँ ओम को पहला असाइनमेंट मिला एक पैकेजिंग

कंपनी के एक विज्ञापन में, जिसे बना रहे थे गोविंद निहलानी। फिर फिल्में मिलीं और ओम मशहूर होते चले गए।

इस किताब में ओम पुरी के व्यक्तित्व का एक और पहलू सामने आता है वह है सेक्स को लेकर ओम का लगाव। ओम के जीवन में कई महिलाएं आती हैं, लगभग सभी के साथ ओम शारीरिक संबंध भी बनाते हैं, लेकिन विवाह के बंधन में बंध पाने में असफलता ही हाथ लगती है। ओम की देहगाथा शुरू होती है चौदह साल की उम्र से जब वह पहली बार अपने से चार गुनी बड़ी उम्र की महिला से शारीरिक संबंध बनाते हैं। उसके बाद भी ओम की जिन्दगी में आनेवाली महिलाओं की एक लंबी फेहरिश्त है—लेकिन ओम का पहला प्यार रोहिणी थी जिसने बाद में रिचर्ड अटनबरो की फिल्म गांधी में कस्तूरबा की भूमिका निभाई थी। कालांतर में फिर ओम के जीवन में उसके दोस्त कुलभूषण खरबंदा की दोस्त सीमा साहनी आई। सीमा प्रसिद्ध लेखिका इस्मत चुगताई और फिल्मकार शाहिद लतीफ की बेटी थी। दोनों के बीच लम्बा रिश्ता चला लेकिन ग्लैमर की दुनिया में बिंदास अंदाज में जीनेवाली सीमा को ओम के साथ संबंध रास नहीं आया क्योंकि वह शादी के बंधन में नहीं बंधना चाहती थी। फिर उसके जीवन में उसके दोस्त सुभाष की बहन बंगाली बाला माला डे आई। यहाँ भी शादी नहीं हो पाई। उसके बाद ओम के अपने घर में काम करनेवाली की बेटी लक्ष्मी से शारीरिक संबंध बने। एक समय तो ओम इस लड़की से शादी को तैयार होकर एक मिसाल कायम करना चाहते थे लेकिन जल्द ही सिर से आदर्शवाद का भूत उतर गया और ओम ने लक्ष्मी से पीछा छुड़ा लिया।

इस बीच ओमपुरी को यश के साथ पैसा भी पर्याप्त प्राप्त हो रहा था। यहाँ लेखिका ने पुरुष मन में उठनेवाले भावों, स्थिति विशेष में महिला को लेकर पुरुष मन में जगनेवाली शंकाओं, और छोटे शहर से मायानगरी में आए एक व्यक्ति के मन को उहापोह को भी सामने लाने की कोशिश की है। एक ऐसा व्यक्ति जो न तो छूटी जिन्दगी को छोड़ पाता है और न ही चुनी हुई जिन्दगी को अपना पाता है और दोनों ओर खींचा जाकर टूटता जाता है। फिल्म अर्धसत्य ने ओमपुरी की पूरी जिन्दगी बदल दी थी। अर्धसत्य की जो भूमिका ओम ने निभाई थी वे पहले अमिताभ बच्चन को ऑफर की गयी थी लेकिन व्यस्तता की वजह से अमिताभ ने वह प्रस्ताव ठुकरा दिया था और बाद में जो हुआ वह इतिहास है। इसके बाद ओम की जिन्दगी में नंदिता आई और जीवन को दिशा और स्थिरता भी मिली, यश तो मिल ही रहा था।

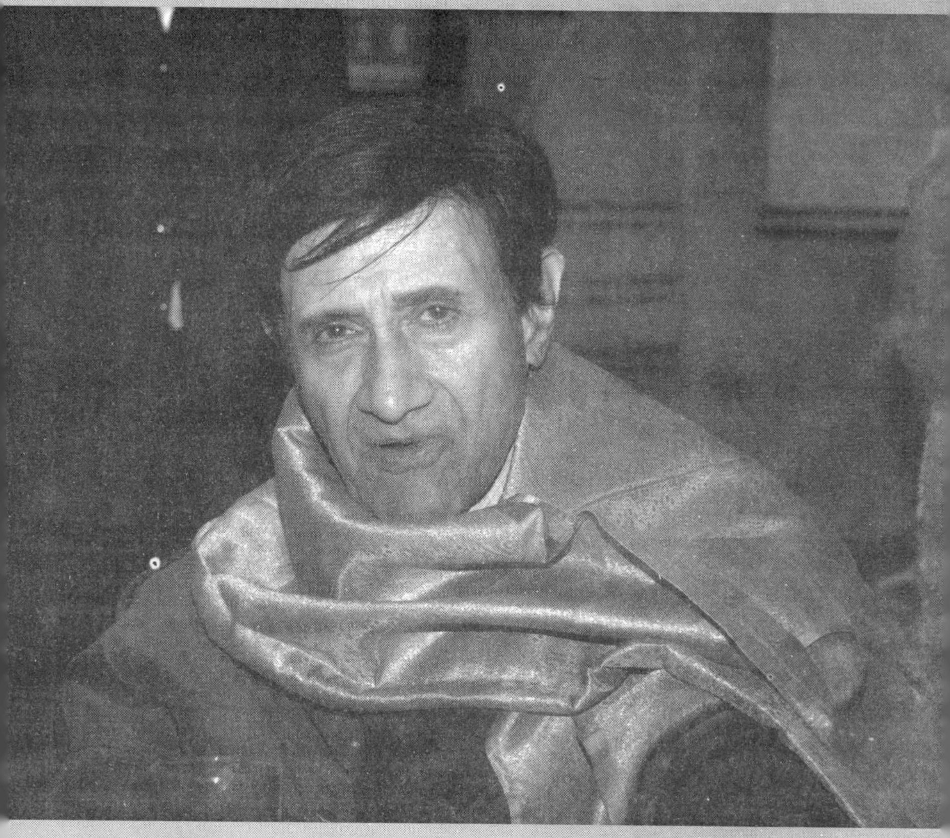

देवानंद

"हम दोस्त से गहरे दोस्त और फिर प्रेमी प्रेमिका बन गए, हमारी प्रेम कहानी पूरे देश में चर्चा का विषय बन गयी थी। एक भी दिन ऐसा नहीं होता था जब मैं और सुरैया फोन पर बात नहीं करते थे। मुझे सुरैया से प्यार हो गया था लेकिन उस वक्त सुरैया के परिवार में उसकी दादी का जबरदस्त प्रभाव था और उनकी मर्जी के बिना उस परिवार में पत्ता तक नहीं हिलता था। हमारी इस प्रेम कहानी में सुरैया की दादी बाधा बन रही थी। प्यार की तड़प बढ़ती ही जा रही थी। मैं सुरैया के लिए बेचैन होने लगा था। लेकिन उसके परिवार ने हमारे प्यार पर बंदिशें लगा दी थीं, मिलने जुलने पर रोक था। एक दिन हम चुपके से एक पानी टंकी के पास मिले और सुरैया ने मुझसे लिपटकर कहा - आई लव यू, आइ लव यू।"

देवानंद : जीवन से रोमांस

जॉर्ज बर्नाड शॉ ने अपने एक प्रसिद्ध लेख में आत्मकथाओं को झूठ का पुलिंदा बताया है। "ऑटोबॉयोग्राफिज आर लाइज" में बर्नाड शा ने कई तर्कों और प्रस्थापनाओं से यह साबित करने की कोशिश की है कि आत्मकथा झूठ से भरी होती हैं। कुछ हद तक बर्नाड शॉ सही हो सकते हैं लेकिन यह कहना कि आत्मकथा तो झूठ का ही पुलिंदा होती हैं, पूरी तरह गले नहीं उतरता। बर्नाड शॉ के अपने तर्क हो सकते हैं लेकिन कई ऐसी आत्मकथा हैं जिसमें कूट-कूट कर सच्चाई भरी होती है। लेकिन हमारे लेख का यह विषय नहीं है। हम तो भारतीय फिल्मों के सदाबहार हीरो देवानंद की आत्मकथा 'रोमांसिंग विद लाइफ - एन ऑटोबायोग्राफी' के बहाने देवानंद की रूमानी छवि और उनकी फिल्मी जिन्दगी को खंगालने की कोशिश कर रहे हैं। अपनी इस आत्मकथा में देवानंद साहब ने अपनी निजी जिन्दगी और भारतीय फिल्म जगत के कई राज खोले हैं। देवानंद की छवि एक जबरदस्त रोमांटिक हीरो की रही है। अविभाजित भारत के गुरुदासपुर में जन्मे देवानंद ने लाहौर के गवर्नमेंट कॉलेज से अंग्रेजी (आनर्स) करने के बाद लंदन जाकर उच्च शिक्षा हासिल करने की सोची थी। लेकिन पिता की मुफलिसी की वजह से यह सम्भव नहीं हो सका। परिवार की कमजोर आर्थिक स्थिति को ध्यान में रखकर जब देवानंद ने रॉयल इंडियन नेवी में शामिल होने की कोशिश की तो वहाँ भी असफलता ही हाथ लगी। देवानंद के पिता की इच्छा थी की वे बैंक में क्लर्क की नौकरी कर लें लेकिन नियति को कुछ और ही मंजूर था और देवानंद

फ्रंटियर मेल से बंबई आ गए। फिर शुरू हुआ संघर्ष- यहाँ भी बनना चाहते थे गायक लेकिन बन गए अभिनेता। इसके बाद जो हुआ वो इतिहास है और फिर देवानंद ने पीछे मुड़ कर नहीं देखा। देवानंद की पहली फिल्म थी - हम एक हैं। इस फिल्म के रिलीज होते ही देवानंद के अभिनय की न केवल नोटिस ली गयी बल्कि जमकर तारीफ भी हुई। इसके बाद तो देवानंद, उस दौर के दो सबसे सफल हीरो, दिलीप कुमार और राजकपूर के साथ फिल्म निर्माताओं की पहली पसन्द बन गए और उस दौर की तमाम चोटी की अभिनेत्रियों के साथ फिल्मों में तो काम किया ही, रोमांस भी कम नहीं किया। देवानंद और सुरैया के बीच के रोमांस और प्रेम की खूब चर्चा हुई और अब अपनी आत्मकथा—रोमांसिंग विद लाइफ - में देवानंद ने अपनी इस प्रेम कहानी का विस्तार से वर्णन किया है। देवानंद लिखते हैं - "हम दोस्त से गहरे दोस्त और फिर प्रेमी प्रेमिका बन गए, हमारी प्रेम कहानी पूरे देश में चर्चा का विषय बन गयी थी। एक भी दिन ऐसा नहीं होता था जब मैं और सुरैया फोन पर बात नहीं करते थे। मुझे सुरैया से प्यार हो गया था लेकिन उस वक्त सुरैया के परिवार में उसकी दादी का जबरदस्त प्रभाव था और उनकी मर्जी के बिना उस परिवार में पत्ता तक नहीं हिलता था। मुझे लगने लगा कि हमारी इस प्रेम कहानी में सुरैया की दादी बाधा बन रही थी। मेरा सुरैया के घर में अब पहले जैसा स्वागत नहीं होता था। लेकिन प्यार की तड़प बढ़ती ही जा रही थी। मैं सुरैया के लिए बेचैन होने लगा था। लेकिन उसके परिवार ने हमारे प्यार पर बंदिशें लगा दी थीं, मिलने जुलने पर रोक था। एक दिन हम चुपके से एक पानी टंकी के पास मिले और सुरैया ने मुझसे लिपटकर कहा - आई लव यू, आइ लव यू। इसके बाद मेरे पांव जमीन पर नहीं पड़ रहे थे। मैंने जवेरी बाजार से सुरैया के लिए एक मंहगी अंगूठी खरीदी और उसे भिजवा दिया। मैं सातवें आसमान पर था लेकिन अपने परिवार के दवाब में सुरैया ने मेरी दी हुई अंगूठी समंदर में फेंक दी।" देवानंद साहब ने इस प्रेम कहानी को बहुत ही बेहतरीन अंदाज में अपनी आत्मकथा में कलमबंद किया है। इस पूरी किताब से देवानंद की पर्दे पर की जो एक बेहद रूमानी छवि थी वो और भी पुष्ट होती है, प्रमाणिक भी, क्योंकि खुद देव साहब ने अपनी जुबानी अपनी कई प्रेम कहानी और आशिकी को दुनिया के सामने पेश किया है। सुरैया के अलावा देवानंद ने अपने स्कूली दिनों की प्रेमिका से लेकर अबतक की अपनी नायिकाओं और प्रेमिकाओं के बारे में खुलकर लिखा है। चाहे वे टैक्सी ड्राइवर फिल्म की नायिका मोना जो बाद में देवसाहब की पत्नी भी बनीं या फिर मुमताज हों या फिर जीनत अमान हों या टीना मुनीम। संजय दत्त की पत्नी ऋचा को फिल्मों में लाने का श्रेय भी देवानंद को ही है। जीनत अमान पर लिखते हुए देव साहब ने ईमानदारी से स्वीकार किया है कि जब भी राज कपूर जीनत अमान से लिपटते-चिपटते थे तो उनको जलन होती थी। देवानंद को लगता था कि जीनत अमान उनकी खोज हैं, उनकी नायिका हैं, इसलिए

सिर्फ उनकी अमानत है लेकिन जब एक पार्टी में राजकपूर ने जीनत अमान को जब अपने आलिंगन में लिया तो जीनत की जो प्रतिक्रिया थी, उसे देखकर देवानंद का दिल चकनाचूर हो गया।

देवानंद जब एक नायक के रूप में फिल्मों में कामयाब हो गए तो नवकेतन नाम से अपना बैनर बनाकर फिल्म निर्माण में उतरे और कई नई प्रतिभाओं, टीना मुनीम, तब्बू से फिल्मी दुनिया का साक्षात्कार कराया। फिल्म निर्माण के बाद देवानंद फिल्म निर्देशन के क्षेत्र में उतरे और फिल्म प्रेम पुजारी का निर्देशन किया। देवानंद की फिल्म गाइड, काला पानी, हरे रामा हरे कृष्णा, काला बाजार, जब प्यार किसी से होता है जैसी फिल्में हिन्दी फिल्म निर्माण के क्षेत्र में मील का पत्थर हैं। कुछ लोगों का कहना है कि देवानंद ने बाद के दिनों में अपनी फिल्मों में काफी प्रयोग किए और अपने समय से आगे की फिल्में बनायी। बॉक्स ऑफिस पर भले ही बाद में देवानंद की कई फिल्मों को उतनी सफलता नहीं मिली, जितनी पहले मिला करती थी लेकिन देवानंद ने अपने स्टाइल के साथ कोई समझौता नहीं किया।

देवानंद के जमाने में लड़कियाँ उनपर जान छिड़कती थीं। युवाओं में उनके स्टाइल से सिगरेट के कश लेना, गले में मफलर डालना, शर्ट के बड़े-बड़े कॉलर स्कार्फ आदि का जबरदस्त क्रेज था। देव आनंद की जो डॉयलॉग डिलीवरी थी, उनका जो अंदाज था, वो अनूठा था, अपनी तरह का अकेला था। उनकी दिलकश अदा और होठों पर शरारती मुस्कराहट काफी कुछ कह जाती थी। देवानंद ने अपनी आत्मकथा में फिल्मी हस्तियों के अलावा राजनीतिक हस्तियों का भी जिक्र किया है। खासतौर से इंदिरा गांधी और उनके पुत्र संजय गांधी का। इंदिरा गांधी के बारे में देवानंद ने लिखा है कि वे बहुत ही कम बोलती थीं जिसकी वजह से उनके विरोधी इंदिरा गांधी को गूंगी गुड़िया कहते थे। देव साहब ने इंदिरा गांधी के साथ कई मुलाकातों का जिक्र किया है लेकिन हर बार उन्हें लगा कि श्रीमति गांधी, नकारात्मक या सकारात्मक किसी भी तरह की कोई प्रतिक्रिया देती ही नहीं है।

देवानंद साहब को मैंने दो बार नजदीक से देखा है, मिला भी था। एक बार तो कुछ साल पहले मुम्बई में एक होटल में हम लोग एक कार्यक्रम की रिकॉर्डिंग कर रहे थे, देव साहब भी उसी होटल में थे, हमलोगों को जब पता लगा तो उनसे मिलने चले गए। उनसे मिलकर बाहर निकलते वक्त हम चार लोग यही बात कर रहे थे कि बताओ यार अस्सी में ये हाल है तो तीस चालीस में क्या सितम ढाया होगा। मैंने अपने स्कूल के दिनों में देवानंद की फिल्म काला बाजार देखी थी और देवानंद की वही छवि थी मन पर। उस दिन जब मिलकर निकला तो लगा कि चौबीस पच्चीस साल पहले जिस देवानंद को पर्दे पर देखा था उसी देवानंद से मिलकर निकला हूँ।

पाकीज़ा

मेघनाद देसाई कमाल अमरोही की फिल्म 'पाकीजा' को एक विशेष कालखंड में मुस्लिम संस्कृति को पकड़ने और उसे चित्रित करनेवाली फिल्म करार देते हैं। तर्कों में तो वो कई फिल्मों के नाम गिना देते हैं लेकिन जब मुस्लिम संस्कृति को चित्रित करनेवाली फिल्म के तौर पर पाकीजा को याद करते हैं तो उस वक्त ना तो उन्हें राजेन्द्र कुमार की फिल्म 'पालकी' का नाम याद आता है और ना ही उन्नीस सौ साठ में मोहम्मद सादिक के निर्देशन में बनी मशहूर फिल्म 'चौदहवीं का चांद' की याद आती है। भुला तो वो राजेश खन्ना और लीना चंदावरकर की फिल्म 'महबूब की मेंहदी' को भी देते हैं।

पाकीजा : दास्तां एक दौर की

एक अनुमान के मुताबिक भारतीय फिल्म जगत में मीना कुमारी ऐसी अदाकारा हैं जिनपर या जिनकी फिल्मों को केन्द्र में रखकर अबतक सबसे ज्यादा किताबें और लेख छपे हैं। इसी कड़ी में एक किताब है मशहूर अर्थशास्त्री और लेखक मेघनाद देसाई की। इस छोटी सी किताब का नाम है—पाकीजा, एन ओड टू अ बाइगॉन वर्ल्ड। यह किताब हॉर्पर कॉलिंस ने अपनी फिल्म सीरीज के तहत छापी है। मेघनाद देसाई का मानना है कि कुछ फिल्में बॉक्स ऑफिस की सफलता को ध्यान में रखकर बनाई जाती हैं। देसाई के मुताबिक उन्नीस सौ चौवन में फिल्मस्तान के बैनर की फिल्म 'नागिन' और उसके दस साल बाद आर के फिल्मूस के बैनर तले बनी फिल्म 'संगम' इसी श्रेणी में आती है। मेघनाद देसाई के मुताबिक एक निश्चित समय के बाद इन फिल्मों को भुला दिया जाता है। पता नहीं मेघनाद देसाई के ऐसा कहने का आधार क्या है लेकिन अब भी राजकपूर की फिल्म 'संगम' और फिल्मस्तान की 'नागिन' की चर्चा होती ही रहती है। मेघनाद देसाई का यह कथन सही है लेकिन उन्होंने उदाहरण गलत चुन लिए हैं। इन दो फिल्मों के अलावा मेघनाद देसाई उदाहरण देते हैं उन्नीस सौ तैंतालीस में बांबे टाकीज की फिल्म 'किस्मत' और उन्नीस सौ उनचास में बनी महबूब खान की फिल्म 'अंदाज' का। मेघनाद देसाई का मानना है कि भारत छोड़ो आन्दोलन और विश्व में युद्ध के माहौल के बीच बनी फिल्म 'किस्मत' का अब कोई नामलेवा भी नहीं है, उसी तरह

से वह ये दावा भी करते हैं कि महबूब खान की फिल्म 'अंदाज' में दिलीप कुमार, नरगिस और राज कपूर के होने और नई पीढ़ी को परिभाषित करने के बावजूद इस फिल्म को दर्शक अब याद नहीं करते। बहुत हद तक मेघनाद देसाई सही हो सकते हैं लेकिन वो इतने बड़े कालखंड के बाद दर्शकों से उन फिल्मों को याद रखने की अपेक्षा कर रहे हैं, तो ये थोड़ी ज्यादती है। उनका एक और तर्क बेमानी लगता है कि उन फिल्मों का रिमेक नहीं बन रहा है। फिल्मों में विषय का चयन पीढ़ियों की रुचि को ध्यान में रखकर किया जाता है। व्यावसायिक फिल्मों से धन कमाने की इच्छा और इरादा दोनों रहते ही है। अब अगर फिल्म 'किस्मत' को इस आधार पर दरकिनार कर दिया जाए कि उसका रिमेक नहीं बना तो ये तर्क गले नहीं उतरता है। मेघनाद देसाई का मानना है कि इस तरह की फिल्मों के अलावा कई फिल्में ऐसी होती हैं जो काल से होड़ लेती हुई कालजयी हो जाती हैं। ऐसी ही फिल्मों का जिक्र करते हुए वे याद करते हैं उन्नीस पैंतीस में रिलीज हुई फिल्म 'देवदास' की। उस फिल्म को पी सी बरुआ ने निर्देशित किया था और कुंदनलाल सहगल केंद्रीय भूमिका में थे। देसाई इन बातों लेकर उत्साहित दिखते हैं कि 'देवदास' की कहानी पर कई बार फिल्में बनीं और अलग-अलग अभिनेताओं ने केंद्रीय भूमिका का निर्वहन किया। फिल्म जब भी बनी हिट रही। इसी सूची में उन्हें दो नाम और याद आते हैं 'मदर इंडिया' और 'मुगल ए आजम', लेकिन देसाई 'शोले' को इस आधार पर खारिज कर देते हैं कि उसका रिमेक जब रामगोपाल वर्मा ने 'राम गोपाल वर्मा की आग' के नाम से बनाई तो वो फ्लॉप रही। मैं सिर्फ इतना जोड़ना चाहूंगा कि इस बारे में मेघनाद देसाई सम्भवतः अर्थशास्त्र के नियमों के आधार पर फिल्मों और उसकी शेल्फ लाइफ की व्याख्या कर रहे हैं जो कि गलत है। वे हाल की फिल्म डॉन को भूल जाते हैं जिसका रिमेक भी उतना ही सफल रहा जितनी मूल फिल्म थी। अपने इसी विश्लेषण में मेघनाद देसाई कमाल अमरोही की फिल्म 'पाकीजा' को एक विशेष कालखंड में मुस्लिम संस्कृति को पकड़ने और उसे चित्रित करनेवाली फिल्म करार देते हैं। मेघनाद देसाई अपने उपरोक्त तर्कों में तो कई फिल्मों के नाम गिना देते हैं लेकिन जब मुस्लिम संस्कृति को चित्रित करनेवाली फिल्म के तौर पर पाकीजा को याद करते हैं तो उस वक्त ना तो उन्हें राजेन्द्र कुमार की फिल्म 'पालकी' का नाम याद आता है और ना ही उन्नीस सौ साठ में मोहम्मद सादिक के निर्देशन में बनी मशहूर फिल्म 'चौदहवीं का चांद' की याद आती है। भुला तो वो राजेश खन्ना और लीना चंदावरकर की फिल्म 'महबूब की मेंहदी' को भी देते हैं। खैर ये लेखक का अधिकार है कि वो किस विषय पर अपने किस तर्क को सामने रखे और किसको अपनी नजरों से ओझल कर दे।

मेघनाद देसाई ने अपनी इस छोटी सी किताब में इस फिल्म की कहानी,

उससे जुड़े किस्सों और किरदारों और घटनाओं के बारे में संक्षिप्त टिप्पणियाँ की हैं। पाकीजा फिल्म के कई किस्से बेहद मशहूर हुए हैं। यह बात तो सर्वविदित है कि इस फिल्म का मुहूरत शाट सत्रह जनवरी उन्नीस सौ सत्तावन को दिया गया और फिल्म रिलीज हुई चार फरवरी उन्नीस सौ बहत्तर को। तकरीबन पंद्रह साल बाद। इस बीच इस फिल्म में काम करने वाले कई लोग इस प्रोजेक्ट से अलग हो गए तो कइयों की मौत हो गई। यह फिल्म पहले तो ब्लैक एंड व्हाइट में शूट होनी शुरू हुई, तकनीक बदली तो फिर से कलर फिल्म पर शूट होने लगी उसके बाद सिनेमास्कोप का जमाना आया तो उसमें शूटिंग हुई। पहले के सारे शूट रद्दी में डाल दिए गए। सिनेमास्कोप को लेकर भी एक दिलचस्प प्रसंग इस फिल्म से जुड़ा हुआ है। कमाल अमरोही को परफैक्शनिस्ट के तौर पर जाना जाता है। वे फिल्म के लोकेशन से लेकर हर शॉट का बेहद बारीकी से ध्यान रखते थे। जुनूनी इतने थे कि फिल्म के कास्ट्यूम डिजायन का काम खुद मीना कुमारी ने सँभाला था। जब उन्होंने पाकीजा के कलर शूट को रद्दी में डालकर सिनेमास्कोप में करना शुरू किया तो उन्हें लगा कि सिनेमास्कोप के जिस लेंस से वो शूटिंग कर रहे थे उसका फोकस ठीक नहीं था। उस जमाने में एमजीएम नाम की विदेशी कंपनी से लेंस आता था, कभी किराए पर तो कभी अन्य शर्तों पर। कमाल अमरोही उस जमाने में इस लैंस के लिए पचास हजार रुपए महीने चुका रहे थे। कमाल अमरोही ने लेंस के फोकस की त्रुटि के बारे में एमजीएम कम्पनी को खत लिखा। कंपनी के नुमाइंदों ने लेंस की जांच की तो अमरोही की शिकायत सही पाई गई। बाद में उस लेंस को कंपनी ने कमाल अमरोही को उपहार के तौर पर भेंट कर दिया। इस किताब के एक अध्याय द मेकिंग में लोकेशन को लेकर कमाल अमरोही की बेचैनी का भी जिक्र है। मेघनाद देसाई ने उस जमाने के फिल्मी अखबारों के हवाले से कई तथ्यों को लिखा है। जैसे लोकेशन के चुनाव को लेकर उन्होंने जनवरी उन्नीस सौ अट्ठावन के स्क्रीन को कोट किया है।

पाकीजा को तकनीक से आधुनिक बनाने के कमाल अमरोही के जुनून के बीच उसका और मीना कुमारी के बीच के संबंध में खटास आनी शुरू हो गयी थी। फिल्म के शुरू होने के सात वर्षों के बाद मार्च उन्नीस सौ चौंसठ में मीना कुमारी और कमाल अमरोही अलग हो गए। इस दौर में मीना कुमारी अपने कॅरियर के शिखर पर थी और उनकी एक के बाद एक फिल्में सुपर हिट हो रही थीं। इस फिल्म के हीरो के चुनाव की भी दिलचस्प दास्तां है, जो सालों से ज्ञात है, पर उसको भी मेघनाद देसाई ने बचते बचाते बयान किया है। धर्मेन्द्र और मीना कुमारी के रिश्तों पर भी लिखा गया है। इतना अवश्य है कि मेघनाद देसाई ने पठनीय तरीके से इस फिल्म के बहाने सारे किस्से कह डाले हैं। इस किताब की एक और विशेषता है

कि इसमें इनके किरदारों के बारे में भी जानकारी परक टिप्पणियाँ हैं। मीना कुमारी, राजकुमार, अशोक कुमार के बारे में तो सभी जानते हैं लेकिन मेघनाद देसाई ने वीणा सप्रू और विजयलक्ष्मी के बारे में भी परिचयात्मक टिप्पणी की है। कमाल अमरोही पर तो एक पूरा अध्याय ही है।

इस पूरी किताब को पढ़ते वक्त अचानक से मेरे दिमाग में बचपन की कुछ यादें कौंध गईं। उस वक्त हमें फिल्में देखने की मनाही थी या कह सकते हैं कि अकेले जाकर फिल्म देखने की इजाजत नहीं थी। फिल्मों की चर्चा सुनकर जानने की जिज्ञासा होती थी। उस दौर में हम बुक स्टॉल पर पहुँचते थे, तो वहाँ हिट फिल्म की कहानी की एक पतली सी किताब मिला करती थी। हम उसको खरीदते और दोस्तों के साथ सामूहिक रूप से उसको बांचते थे। अमिताभ बच्चन की फिल्मों के संवाद की किताब तो अलग से मिला करती थी। कीमत एक से दो रुपए तक हुआ करती थी। अब उसी कांसेप्ट पर अंग्रेजी में इस तरह की किताबें निकलनी शुरू हुई हैं। अंग्रेजी के प्रकाशकों ने पुराने जमाने के सूत्रों को पकड़ा और उसको अपनी मार्केटिंग का औजार बना लिया, लेकिन अफसोस यह है कि यहाँ भी हिन्दी के प्रकाशक पिछड़ गए।

गुलजार

साहिर उस दौर में कृष्ण चंदर की जुहू वाली कोठी में रहा करते थे और हर रोज शाम को पीने पिलाने का दौर चलता था। उनके साथ ओम प्रकाश अश्क भी रहा करते थे। एक रोज रसरंजन के दौरान अश्क ने साहिर से पूछा—एक पैग के बाद तुम सभी को गाली-गलौच क्यों करने लगते हो। साहिर ने पंजाबी में बोला—यार...अब शराब नाल कुछ चटपटा तो होना ही चाहींदा ना।

गुलज़ार : अल्फ़ाज के जादूगर

गुलज़ार भारतीय सिनेमा जगत का एक ऐसा नाम जो पिछले एक दशक में हिन्दी के साथ-साथ अंग्रेजी प्रकाशकों के बीच भी समान रूप से लोकप्रिय हो गया है। गुलज़ार को लम्बे वक्त तक साहित्य की दुनिया में गम्भीरता से नहीं लिया गया। उनको फिल्मी लेखक कहकर हाशिए पर रखा जाता रहा। इसमें इस दौर के वामपंथी आलोचकों का बड़ा हाथ रहा है, जो विचारधारा से अलग लेखकों को लेखक मानते ही नहीं थे। साहित्य में न केवल वामपंथी लेखकों का बोलबाला था बल्कि कांग्रेस पार्टी को समर्थन के एवज में देश की तमाम साहित्यक सांस्कृतिक संस्थाओं पर उनका दबदबा भी था, कब्जा भी कह सकते हैं। अपने इस दबदबे का वामपंथी या यों कह सकते हैं कि मार्क्सवादी साहित्यकारों ने जमकर फायदा उठाया और लेखकों को विचारधारा में शामिल करने के हथियार के तौर पर इस्तेमाल किया। जन और लोक की बात करनेवाले इन साहित्यकारों ने लोकप्रियता की एक नई परिभाषा गढ़ी। जनता और पाठकों के बीच लोकप्रियता के नए प्रतिमान स्थापित करनेवाले लेखकों को हल्का और फूहड़ कह कर खारिज किया। साहित्य में उनका मूल्यांकन होने ही नहीं दिया। इसका सर्वोत्तम उदाहरण शिवानी की रचनाएँ हैं। मानवीयता और घर-परिवार को अपने लेखन का विषय बनाने वाली शिवानी को प्रचुर लेखन और जबरदस्त लोकप्रियता के बावजूद वामपंथी साहित्यकारों ने साजिशन गम्भीरता से नहीं लिया। क्या शिवानी की रचनाएं किसी भी तथाकथित

विचारधारा के लाल रंग में डूबे उपन्यासकार या कहानीकार की रचनाओं से कम हैं? क्या शिवानी की रचनाओं में मानवीय मूल्यों की कमी है? मैं दावे के साथ कह सकता हूँ कि ऐसा नहीं है। आज भी शिवानी के उपन्यास अपनी पठनीयता और विषयवस्तु की वजह से बेहद लोकप्रिय हैं। सालों तक शिवानी के उपन्यास हिन्दी के कथित प्रतिष्ठित प्रकाशकों के यहाँ से नहीं छप सके, इसके पीछे की वजह को जानना भी दिलचस्प होगा। उनकी मृत्यु के चार साल पश्चात दो हजार सात के आसापास राजकमल प्रकाशन ने शिवानी की रचनाओं का एक पूरा सेट प्रकाशित किया। यह वामपंथी फासीवाद का एक बेहतरीन नमूना है। इसके अलावा लाखों की संख्या में बिकनेवाले उपन्यासों को चालू, फूहड़ और लुगदी साहित्य करार दे दिया गया। हिन्दी में कौन सा लेखक यह दावा कर सकता है कि उसकी रचनाएं गुलशन नंदा से ज्यादा बिकी हों। हिन्दी के आलोचक इस बात से भी इनकार करते हैं कि बिक्री कोई पैमाना नहीं हो सकता है अच्छी कृति होने का। हो सकता है कई बार ऐसा सम्भव हो लेकिन जनता के बीच जो चीज प्रिय हो या जिसे जनता पसन्द करे, उसे सिरे से खारिज कर देना कहाँ तक जायज है। मार्क्स के झंडाबरदारों के मुताबिक अच्छे और श्रेष्ठ लेखन का पैमाना तो सिर्फ और सिर्फ विचारधारा की चौहद्दी का लेखन ही हो सकता है। कंटेंट पर तो बात बाद में होती है। क्या तथाकथित प्रतिष्ठित हिन्दी साहित्य में राजनीतिक कत्ल या साजिश पर कोई ढंग का उपन्यास है। मेरे जानते तो नहीं है। इस तरह का उपन्यास भी वेद प्रकाश शर्मा ने ही लिखा है जिसने राजीव गांधी की हत्या को केन्द्र में रखकर दो खंडों में वर्दी वाला गुंडा लिखा। इस उपन्यास की रिकॉर्डतोड़ बिक्री हुई। लेकिन इसे भी मेरठ से छपनेवाला, सस्ता, दोयम दर्जे का, फूहड़ और ना जाने क्या क्या कहकर खारिज कर दिया गया। खैर यह एक अवांतर प्रसंग है, जिसपर कभी बाद में विस्तार से चर्चा होगी।

साहित्यकार बिरादरी में प्रतिष्ठा नहीं मिलने के बावजूद गुलज़ार पाठकों और दर्शकों के बीच बेहद लोकप्रिय रहे। वामपंथ के लगभग पतन के बाद गुलज़ार की न केवल लोकप्रियता में इजाफा हुआ बल्कि लेखक समुदाय के बीच उनकी स्वीकार्यता भी बढ़ी। आजकल तो गुलज़ार जो भी लिखते हैं, उस पर न केवल जमकर चर्चा होती है, बल्कि उसको छापने के लिए प्रकाशकों के बीच होड़ लगी रहती है। बाजार का दबाव या पाठकों का प्यार। पिछले एक दशक में गुलज़ार की लोकप्रियता ने भाषा की सरहद को भी छिन्न-भिन्न कर दिया। पहले उनकी रचनाएँ उर्दू और पंजाबी के अलावा हिन्दी भाषी लोगों के बीच लोकप्रिय थीं लेकिन कालांतर में उनकी रचनाएँ अंग्रेजी और कई अन्य भाषाओं में अनूदित प्रकाशित होने लगीं। अंग्रेजी के प्रकाशकों ने तो गुलज़ार को हाथों हाथ लिया और सलेक्टेड पोएम्स से लेकर नेगलेक्टेड पोएम्स तक छपा। गुलज़ार के 100 गीतों का संग्रह हंड्रेड लिरिक्स के नाम से भी छपकर

बाजार में आया। इन किताबों की बिक्री भी ठीक ठाक हुई।

पिछले कई सालों से रवीन्द्र कालिया के संपादन में निकलनेवाली साहित्य पत्रिका नया ज्ञानोदय में गुलज़ार एक स्तंभ लिख रहे थे। कभी उसमें कविताएँ होती थीं, कभी संस्मरण और कई बार छोटी कहानी। गुलज़ार की भाषा शानदार है और उसमें वे जिस तरह से शब्दों का इस्तेमाल करते हैं उससे भाषा की चमक बिजली की कौंध की तरह पाठकों को चुंधिया देती है। गुलज़ार अपने वाक्यों में हिन्दी और उर्दू के अलावा अंग्रेजी के शब्दों का भी बेहतरीन उपयोग करते हैं जो उनके कहने के अंदाज को धारदार बना देता है। जैसे एक फिल्म के गाने में वे कहते हैं- 'उनकी आँखें कमाल करती हैं, पर्सनल से सवाल करती हैं, उनकी बातों में किमाम की खुशबू है।' फिल्म बँटी और बबली का यह गाना कजरारे-कजरारे बेहद लोकप्रिय हुआ था। लेकिन इस गाने में दो शब्द ऐसे हैं जो उसे एकदम से उपर लेकर चले जाते हैं—पर्सनल और किमाम। एक अंग्रेजी का शब्द और दूसरा एकदम से पान की दुकान पर इस्तेमाल किया जानेवाला शब्द। हिन्दी के शुद्धतावादियों और इसमें अंग्रेजी के भाषा के इस्तेमाल का विरोध करनेवालों को पर्सनल का विकल्प देकर बताना चाहिए कि क्या कोई ऐसा शब्द है जो उसे रिप्लेस कर सके।

नया ज्ञानोदय में लिखे गुलज़ार के संस्मरणों और छोटी कहानियों का एक संग्रह अंग्रेजी में अनूदित होकर आया है—हाफ अ रुपि। अनुवाद किया है संजय शेखर ने। इस किताब के कवर पर गुलज़ार की फोटो है फिर लिखा है—हाफ अ रुपि- इस शीर्षक के नीचे लिखा है स्टोरीज। कवर पर स्टोरीज लिखकर पाठकों को यह बताने की कोशिश की गयी है कि यह गुलज़ार के कहानियों का संग्रह है। जबकि यह आंशिक तौर पर ही सही है। इसमें गुलज़ार के लिखे कई संस्मरण भी छपे हैं। जैसे कुलदीप नैयर, साहिर, जावेद अख्तर और भूषण बनमाली पर लिखे उनके संस्मरण हैं। कुलदीप नैयर वाले संस्मरण में पीर साहब को लेकर गुलज़ार ने अद्भुत संस्मरण लिखा है लेकिन उसका ही जब मैंने अंग्रेजी अनुवाद पढ़ा तो वो मजा नहीं आया जो हिन्दी में पढ़कर आया था। क्योंकि जो भाषा की रवानगी हिन्दी में थी वह अंग्रेजी में नहीं है। हो सकता है कि गुलज़ार को हिन्दी में नहीं पढ़ पानेवाले पाठकों को अंग्रेजी में पढ़ना सुखकर लगे लेकिन गुलज़ार के कहने के अंदाज का मजा तो हिन्दी में ही सम्भव है।

साहिर लुधियानवी और जावेद अख्तर का बेहद आत्मीय और करीबी रिश्ता था। अपने इस संस्मरण में गुलज़ार ने साहिर और जावेद, जिसे उनके करीबी जादू कहते हैं, के प्यार और प्यार भरे नफरत के रिश्तों पर आत्मीयता से लिखा गया है। गुलज़ार के मुताबिक जावेद अख्तर और उनके पिता जां निसार अख्तर के बीच बनती नहीं थी लेकिन जबतक जावेद की माँ जीवित रहीं, तब तक तो वो अपने पिता के

साथ रहते रहे लेकिन माँ की मौत के बाद उनका पिता के साथ रहना मुमकिन नहीं हो पा रहा था और वे किसी इमोशनल ठौर की तलाश में थे। इस तलाश ने उनको साहिर के और करीब ला दिया था। साहिर उस दौर में कृष्ण चंदर की जुहू वाली कोठी में रहा करते थे और हर रोज शाम को पीने पिलाने का दौर चलता था। उनके साथ ओम प्रकाश अश्क भी रहा करते थे। एक रोज रसरंजन के दौरान अश्क ने साहिर से पूछा—एक पैग के बाद तुम सभी को गाली-गलौच क्यों करने लगते हो। साहिर ने पंजाबी में बोला—यार...अब शराब नाल कुछ चटपटा तो होना ही चाहींदा ना। उसके बाद साहिर की मौत और जावेद के सौ रुपए का मशहूर वाकिया भी गुलज़ार ने लिखा है। साहिर की मौत अचानक हुई थी। वे अपने बीमार दोस्त डॉ कपूर का दिल बहलाने के लिए ताश की बाजी तैयार करवा रहे थे कि अचानक से दिल का दौरा पड़ा और साहिर वहीं गिर पड़े। बाद में जावेद अख्तर साहिर के पार्थिव शरीर को एक टैक्सी ड्राइवर और साहिर के ड्राइवर की मदद से रात को उनके घर लेकर पहुँचे। सुबह जब जावेद साहिर के घर से बाहर निकले तो टैक्सी ड्राइवर बाहर उनका इन्तजार कर रहा था। जावेद बातचीत के बाद उसको सौ रुपए का नोट देने लगे लेकिन ड्राइवर के इनकार करने पर बोले, 'रख लो, रख लो ये सौ रुपए। मैं जानता हूँ कि वो शख्स अपने पैसे वसूलना जानता था। अपनी मौत के बाद भी उसने अपने सौ रुपए वसूल ही लिए।' दरअसल मुफलिसी के वक्त जावेद को साहिर ने सौ रुपए दिए थे। ये वाकिया कई बार लिखा-बोला जा चुका है लेकिन गुलज़ार की कलम के कहने के अंदाज ने इसे खास बना दिया।

इसके अलावा भी सवा दौ पेज के इस संग्रह में कई दिलचस्प संस्मरण और कहानियाँ हैं जो अंग्रेजी के पाठकों को गुलज़ार के गद्य से परिचित करवाएंगे। मेरी आपत्ति सिर्फ इस बात को लेकर है कि इस संग्रह को गुलज़ार की कहानियों के संग्रह को तौर पर पेश किया गया है। जबकि यह संग्रह कहानियों और संस्मरणों का कोलाज है। दरअसल यह बाजार की माँग और प्रकाशक की स्मार्टनेस है जो पाठकों को भरमाकर अपनी झोली भरते हैं। हालांकि बैक कवर पर फैसिनेटिंग स्टोरीज के शीर्षक के बाद इन संस्मरणों को रियल लाइफ स्टोरीज कहा गया है और आलोचना से बचने का रास्ता छोड़ा गया है।

राजेश खन्ना

चाटुकारों की फौज ने राजेश खन्ना को भगवान होने का एहसास दिलाना शुरू कर दिया। भगवान सिंड्रोम के शिकार होते ही राजेश खन्ना की पसन्द और नापसन्द दोनों बहुत कठोर होने लगी थीं। वे अपने विरोधियों को कभी नहीं बख्शते थे। उनकी हां में हां नहीं मिलाने वालों को उनका दरबार छोड़ना पड़ता था और राजेश खन्ना की उपेक्षा भी झेलनी पड़ती थी। अगर कोई बड़ा फिल्मी आयोजन हो और राजेश खन्ना को उसमें नहीं बुलाया गया हो तो वे रुष्ट हो जाते थे। उस आयोजन को फीका दिखाने के लिए राजेश खन्ना उसी वक्त पर अलग पार्टी आयोजित कर देते थे।

राजेश खन्ना : पहला सुपर स्टार

नमरू पुरस्तादथ पृष्ठतस्ते, नमोस्तुः ते सर्वत्र एव सर्व। अनन्तवीर्यामितविक्रमसत्वं, सर्व समाप्नोषि ततोसि सवरू। अर्थात आपको आगे पीछे और चारों ओर से से नमस्कार है। हे असीम शक्ति आप अनन्त पराक्रम के स्वामी हैं। आप सर्वव्यापी हैं, अतः आप सबकुछ हैं। गीता में कृष्ण अर्जुन संवाद के क्रम में एक जगह अर्जुन यह कहते हैं। इसको अगर और सरल करें तो कृष्ण के प्रेम में अभिभूत अर्जुन उनको सभी दिशाओं से नमस्कार कर रहे हैं। अर्जुन यह स्वीकार करते हैं कि कृष्ण समस्त बल और पराक्रम के स्वामी हैं और युद्धभूमि में मौजूद सारे योद्धाओं से बेहतर हैं। अब हम इस संवाद के पात्र और स्थान और काल बदल देते हैं। इसमें कृष्ण की जगह राजेश खन्ना को रख दें और अर्जुन की जगह फिल्म निर्माताओं को रख दें और काल को महाभारत से आगे लाकर साठ के दशक के आखिर के वर्ष कर दें तो स्वर लगभग यही सुनाई देगा। कई लोगों को यह तुलना रास नहीं आएगी। मिथक की तुलना यथार्थ से करने पर लोगों को आपत्ति हो सकती है पर साठ के दशक के अंतिम वर्षों में राजेश खन्ना के बारे में फिल्मों के निर्माताओं की यही राय होती थी कि वो अनन्त पराक्रम के स्वामी हैं और बॉलीवुड में मौजूद समस्त अभिनेताओं से श्रेष्ठ हैं। यह वे दौर था जब राजेश खन्ना एक के बाद एक सुपरहिट फिल्में दे रहे थे। एक के बाद एक लगातार सत्रह हिट फिल्मों का राजेश खन्ना का रिकॉर्ड आज तक अटूट है, उसके बाद

कई सुपरस्टार आए लेकिन सफलता का यह परचम कोई नहीं लहरा सका। इस वजह से ही फिल्मी दुनिया में सुपरस्टार शब्द का प्रयोग पहली बार राजेश खन्ना के लिए हुआ था। राजेश खन्ना का जो जलवा उस दौर में था उस तरह के जलवा के बारे में तो अब सोचा भी नहीं जा सकता है। राजेश खन्ना की सफलता का आलम यह था कि वे खुद फिल्मों का चुनाव करते थे, स्क्रिप्ट वो खुद सुनते थे और बहुधा वे फिल्मों के निर्देशक का चुनाव भी करते थे। फिल्मों की नायिकाएँ और साथी कलाकार उनकी पसन्द के हुआ करते थे। सीन में उनके मन मुताबिक बदलाव होता था। उनकी लोकप्रियता का आलम यह था कि लड़कियाँ उन्हें अपने खून से खत लिखती थीं और उनके फोटो से विवाह करती थीं। उनकी फोटो के कॉलर पर अपने लिपस्टिक लगाकर धन्य हो जाती थीं। जब राजेश खन्ना ने डिंपल कपाड़िया से शादी रचाई तो देशभर की लड़कियों ने सफेद कपड़ा पहन कर शोक जताया। फिल्मी आकाश पर उस वक्त राजेश खन्ना का उदय हुआ जबकि वहाँ दिलीप कुमार, राज कपूर और देव आनंद की बादशाहत कायम थी। राजेश खन्ना ने इन तीनों की सामूहिक लोकप्रियता को पीछे छोड़ दिया। पर कहते हैं न कि सफलता सिर चढ़कर बोलती है तो कुछ ऐसा ही राजेश खन्ना के साथ भी हुआ। सफलता उनके इतना सिर चढ़कर बोलने लगी कि वे अपने आपको खुदा समझ बैठे। उस जमाने के जानकारों का कहना है कि राजेश खन्ना अपने बंगले पर दरबार लगाया करते थे। उस दरबार में उनकी कुर्सी बाकी मेहमानों की कुर्सी से अलग और ऊंची होती थी। मुनाफा कमाने की चाहत वाले प्रोड्यूसर्स कहा करते थे ऊपर आका नीचे काका। चाटुकारों की फौज ने राजेश खन्ना को भगवान होने का एहसास दिलाना शुरू कर दिया। भगवान सिंड्रोम के शिकार होते ही राजेश खन्ना की पसन्द और नापसन्द दोनों बहुत कठोर होने लगी थीं। वे अपने विरोधियों को कभी नहीं बख्शते थे। उनकी हां में हां नहीं मिलाने वालों को उनका दरबार छोड़ना पड़ता था और राजेश खन्ना की उपेक्षा भी झेलनी पड़ती थी। अगर कोई बड़ा फिल्मी आयोजन हो और राजेश खन्ना को उसमें नहीं बुलाया गया हो तो वे रुष्ट हो जाते थे। उस आयोजन को फीका दिखाने के लिए राजेश खन्ना उसी वक्त पर अलग पार्टी आयोजित कर देते थे। उनकी हनक इतनी थी कि लोग राजेश खन्ना की पार्टी में पहुँचने के लिए लाइन लगाकर खड़े हो जाते थे। इस तरह के कई वाकये राजेश खन्ना के साथ जुड़े हैं। जिस तरह से सफलता के सिर चढ़कर बोलने की कहावत है, उसी तरह कहावत यह भी है कि सफलता को सँभालना हर किसी के बूते की बात नहीं है। राजेश खन्ना के साथ भी यही हुआ। खुद को खुदा समझ बैठे राजेश खन्ना अराधना और अमरप्रेम जैसी सुपर हिट फिल्म बनाने वाले शक्ति सामंत के साथ भी उसी तरह से पेश आने लगे। जब तक सफलता काका के कदम चूम रही थी तब

तक फिल्म इंडस्ट्री उनके सारे नखरे और लटकेझटके बरदाश्त करती रही, लेकिन जैसे ही फिल्मी दुनिया में अमिताभ नाम के सितारे का उदय हुआ वैसे ही काका के सामने के हालात बदलने लगे। बदलते हालात में वे बदलने को तैयार नहीं हुए थे। अपनी खूबसूरती के नशे में डूबे और अपने व्यक्तित्व पर मोहित राजेश खन्ना कभी उससे बाहर नहीं निकल पाए। उनके साथ रहनेवालों ने एक-एक कर उनका साथ छोड़ना शुरू कर दिया। बॉलीवुड में तो माना ही जाता है कि हर शुक्रवार को वहाँ एक नए भगवान का जन्म होता है।

गौतम चिंतामणि ने अपनी किताब 'द लोनलीनेस ऑफ बीइंग राजेश खन्ना डार्क स्टार' में राजेश खन्ना के व्यक्तित्व के तमाम पहलुओं के गांठों को खोलने की कोशिश की है। राजेश खन्ना का मनोवैज्ञानिक विश्लेषण करने की भी कोशिश की है। जिस तरह से मीना कुमारी की जीवनी लिखते वक्त उनकी उस वक्त के सबसे करीबी रहे धर्मेन्द्र ने जीवनी लेखक विनोद मेहता को कुछ नहीं बताया उसी तरह से गौतम चिंतामणि को भी राजेश खन्ना की पत्नी डिंपल कपाड़िया से राजेश के व्यक्तित्व के बारे में कोई जानकारी नहीं मिल सकी। बावजूद इसके गौतम ने बेहद श्रमपूर्वक राजेश खन्ना के साथ न्याय किया है। इस किताब से करीब-करीब राजेश खन्ना की मुकम्मल जिन्दगी हमारे सामने आती है, उनके शुरुआती संघर्ष से लेकर सफलता का दौर और फिर जीवन के आखिरी पल का अकेलापन। इस किताब की भूमिका में शर्मिला टैगोर ने साफ तौर पर चंद लाइनों में राजेश खन्ना के कॅरियर का विश्लेषण कर दिया है–'अपनी दोस्ती की ही तरह काका अपने स्टारडम की भी परवाह नहीं करते थे। उन्होंने अपनी लोकप्रियता को फिसलने दिया। वे यह समझने में नाकाम रहे कि सिनेमा के दर्शकों की रुचि बदल रही है और वे जिस तरह की भूमिकाएँ कर रहे हैं वे सारी की सारी दर्शकों के पसन्द के दायरे में नहीं आती हैं। काका ने अपने आपको वक्त के साथ ढालने की कोशिश नहीं की और वे समकालीन भूमिकाओं का चुनाव नहीं कर पाए। नतीजा यह हुआ कि वो अपनी ही पूर्व भूमिकाओं की छाया मात्र बनकर रह गए जो कि बदलते वक्त के साथ हास्यास्पद होती चली गई।' यह आकलन उस अदाकारा का है जिसके साथ राजेश खन्ना ने अराधना जैसी फिल्म की। इस किताब के अध्याय दर अध्याय में राजेश खन्ना की जिन्दगी से जुड़े अनेक दिलचस्प किस्से हैं। राजेश खन्ना का मूल नाम जतिन खन्ना था और वे अपना फिल्मी नाम जितेन्द्र रखना चाहते थे लेकिन तब तक रवि कपूर ने अपना नाम जितेन्द्र रख लिया था लिहाजा दोस्तों की राय पर जतिन खन्ना राजेश खन्ना बने। 1966 की उनकी फिल्म आखिरी खत से भी एक बेहद दिलचस्प किस्सा जुड़ा है। उस फिल्म के दौरान चेतन आनंद ने राजेश खन्ना को तीन दिनों तक सोने नहीं दिया था। चेतन आनंद ने अपनी टीम के सदस्यों को

निर्देश दिए थे कि वे एक वक्त के बाद राजेश खन्ना को ना तो कुछ खाने दें और ना ही कहीं जाने दें। तीन दिनों के बाद जब राजेश खन्ना सेट पर पहुँचे तो वे बुरी तरह से खीजे हुए थे। उस हालत में फिल्म का एक दृश्य उनपर फिल्माया गया जो एकदम स्वाभाविक था। राजेश खन्ना की फिल्मों में सफलता का बहुत कुछ श्रेय किशोर कुमार की आवाज और आर डी बर्मन के संगीत का भी है। उनके गाने लोगों की जुबाँ पर चढ़ जाते थे।

फिल्मों में तीन साल की जबरदस्त सफलता के बाद जब राजेश खन्ना की एक के बाद एक फिल्में फ्लॉप होने लगीं उसके बाद उनकी निजी जिन्दगी में भी तूफान आया। डिंपल कपाड़िया उनसे अलग हो गईं। असफलता और व्यक्तिगत जिन्दगी ने राजेश खन्ना को शराब की ओर मोड़ दिया। इस बीच उन्होंने राजनीति में भी हाथ आजमाया। 1991 में राजीव गांधी ने उन्हें नई दिल्ली सीट से लोकसभा का चुनाव लड़वाया। चुनाव नतीजों के पहले राजीव गांधी की हत्या हो गयी और राजेश खन्ना को लालकृष्ण आडवाणी के हाथों हार का सामना करना पड़ा। उपचुनाव में शत्रुघ्न सिन्हा को हराकर राजेश खन्ना संसद पहुँचे। जमकर काम किया। नरसिंह राव के शासनकाल में राजनीति में भी राजेश खन्ना को अहमियत नहीं मिली। वे फिर कभी कोई चुनाव नहीं जीत पाए। पहले फिल्म में, फिर परिवार में और अन्त में राजनीति में असफल रहने के बाद राजेश खन्ना का व्यक्तित्व और जटिल होता चला गया। बाद के दिनों में राजेश खन्ना ने बाल्की के साथ एक विज्ञापन फिल्म भी की। गौतम की यह किताब राजेश खन्ना की पहली हिट फिल्म के चालीस साल बाद आई है। उनकी मौत के बाद इस किताब की अहमियत और बढ़ गयी है। नई पीढ़ी के पाठक बॉलीवुड के पहले सुपरस्टार की जिन्दगी के बारे में जानने को हमेशा ही उत्सुक रहे हैं। गौतम की यह किताब नए पाठकों की क्षुधा को शांत कर पाएगी।

शौकत कैफी

गमजदा शौकत को पता चला कि वे फिर से माँ बनने जा रही हैं तो उनकी खुशी का ठिकाना नहीं रहा। शौकत ने अपनी खुशी कम्यून में साझा की, जब शौकत की पार्टी (तबतक शौकत वामपन्थी पार्टी की सदस्यता ले चुकी थीं) को इसका पता लगा तो पार्टी ने गर्भ गिरा देने का फरमान जारी कर दिया। पार्टी के इस अमानवीय फरमान के खिलाफ शौकत जब अड़ गईं तो इस मसले पर पार्टी की बैठक बुलाई गई। तर्क-कुतर्क और तमाम बहसों के बाद शौकत की जिद के आगे पार्टी को झुकना पड़ा। शौकत कैफी को बच्चा पैदा करने की अनुमति मिली।

शौकत कैफी : एक अलहदा प्रेम कहानी

संस्मरण हिन्दी में अपेक्षाकृत नई विधा है जिसका आरम्भ द्विवेदी युग से माना जाता है। इस विधा का असली विकास छायावादी युग में हुआ। इस काल में सरस्वती, सुधा, माधुरी, विशाल भारत आदि पत्रिकाओं में कई उल्लेखनीय संस्मरण प्रकाशित हुए। आगे चलकर छायावादोत्तर काल में तो यह विधा पूरी तरह से एक स्वतंत्र विधा के रूप में स्थापित हुई। संस्मरण साहित्य की सबसे अनमोल निधि वे पत्र-पत्रिकाएँ हैं जिसमें संस्मरणात्मक लेख नियमित रूप से प्रकाशित हुए या होते रहे। न सिर्फ हिन्दी के लेखकों ने बेहतरीन संस्मरण लिखकर इस विधा को स्थापित किया बल्कि कुछ विदेशी विद्वानों ने भी हिन्दी में अच्छे संस्मरण लिखे। प्रसिद्ध रूसी विद्वान चेलीशेव का संस्मरण - 'निराला : जीवन और संघर्ष के मूर्तिमान' आज भी हिन्दी पाठकों की स्मृति में जीवंत है।

संस्मरणों में आमतौर पर लेखकीय ईमानदारी की जरूरत होती है जो न केवल लेखक की विश्वसनीयता को बढ़ाती है बल्कि लेख को भी एक उँचाई प्रदान करती है। संस्मरण लेखन में हाल के दिनों में जिस स्तरहीनता का परिचय मिलता है वो चिंता का विषय है। हाल के दिनों में हुआ ये है कि संस्मरण लेखन को लेखकों ने व्यक्तिगत झगड़ों को निपटाने का औजार बनाकर लेखक विशेष के खिलाफ इस्तेमाल करना प्रारम्भ कर दिया। जिससे फौरी तौर पर तो लेखक चर्चा में आ गया लेकिन चंद महीनों बाद उसका और उसके लेख का कोई नाम

लेने वाला भी नहीं रहा। उर्दू के मशहूर नगमानिगार कैफी आजमी साहब की बेगम और अपने जमाने की मशहूर अदाकारा शौकत कैफी ने अपनी आपबीती- यादों के रहगुजर–लिखी जो संस्मरण के अलावा शौकत और कैफी की एक खूबसूरत प्रेम कहानी भी है। 'यादों के रहगुजर' लगभग डेढ़ सौ पन्नों में लिखा गया वो अफसाना है जिसे अगर कोई पाठक एक बार पढ़ना शुरू कर देगा तो फिर बीच में नहीं छोड़ सकेगा। शौकत कैफी की पैदाइश 1928 की है। शौकत हैदराबाद के एक ऐसे मुस्लिम परिवार में पैदा हुईं, जिसका माहौल उस दौर के आम मध्यवर्गीय मुसलमान परिवार जैसा ही था। ये वो दौर भी था जब लड़कों की पैदाइश पर लड्डू बांटे जाते थे तो लड़की की विलादत को अल्लाह की मर्जी मान लिया जाता था। लेकिन शौकत इस मामले में जरा भाग्यशाली थीं क्योंकि उनके पिता अपने परिवार के विचारों के उलट तरक्की पसन्द इनसान थे। वे लड़कियों को लड़कों के बराबर मानते थे और लड़कियों की तालीम के हक में थे। बावजूद अपने परिवार के सख्त विरोध के उन्होंने अपनी तीनों बेटियों के तालीम का इन्तजाम किया। नतीजा यह हुआ कि शौकत का बचपन बेहतर और तरक्की पसन्द लोगों की सोहबत में बीता। आजादी के चंद महीनों पहले की बात है जब फरवरी में हैदराबाद में तरक्की पसन्द लोगों का एक सम्मेलन हुआ। जिसमें कैफी आजमी, मजरूह सुल्तानपुरी, सरदार जाफरी आदि ने शिरकत की थी। उसी दिन रात में एक मुशायरे में शौकत खानम और कैफी ने एक दूसरे की आँखों में अपना भविष्य देख लिया। यह भी एक बेहद दिलचस्प वाकिया है। जैसे ही मुशायरा खत्म हुआ तो लोगों का हुजूम कैफी, मजरूह और सरदार जाफरी की तरफ लपका। शौकत ने एक उड़ती नजर कैफी पर डाली और सरदार जाफरी से ऑटोग्राफ लेने चली गईं। इतनी भीड़ में भी कैफी ने अपनी इस उपेक्षा को भांप लिया और जब शौकत ने कैफी की तरफ ऑटोग्राफ के लिए कॉपी बढ़ाई तो शायर ने अपनी उपेक्षा कॉपी पर उतार दी–

वही अब्रे-जाला चमकनुमा वही, खघके -बुलबुले-सुर्खजरा राज बन के महन में आओ, दिले घंटा तुन तो बिजली कड़के धुन तो फबन झपट के लगन में आओ

इस शेर से नाराज होकर जब शौकत ने कैफी से इसकी वजह जाननी चाही तो कैफी ने मुस्कुराते हुए जबाव दिया कि–आपने भी तो पहले जाफरी साहब से ऑटोग्राफ लिया। इसके बाद तो शौकत खानम, कैफी की पुरकशिश शख्सियत पर सिहरजदा हो गईं। फिर तो मुहब्बत और आशिकी का सिलसिला चल निकला और लम्बी-लम्बी खतो-किताबत भी शुरू हो गई। कैफी मुम्बई में रहते थे तो शौकत अपने पिता के साथ औरंगाबाद में। शौकत के हाल-ए-दिल का पता उनके पिता को चल चुका था और शौकत ने भी कैफी से शादी करने की अपनी मंशा जाहिर कर दी थी। पिता ने बेटी को कहा कि मुम्बई चलकर देख लेते हैं फिर कोई फैसला

बुरी तरह बीमार हो गए। शौकत ने अपने बच्चों के साथ मिलकर इसको भी मित्रों के सहयोग से झेला। इसके अलावा कैफी के उत्तर प्रदेश के अपने गाँव मिजवाँ के लिए किए गए कामों का और अपने गाँव और इलाके की बेहतरी के लिए कैफी की बेचैनी का भी विस्तार से विवरण है। साथ ही शौकत के पृथ्वी थिएटर के दिनों के भी दिलचस्प और रोचक किस्से हैं। कुल मिलाकर यह एक अद्‍भुत प्रेम कहानी है। अफसाना है दो दिलों का जो तमाम दिक्कतों और संघर्षों के बावजूद एक-दूसरे पर दिलो जान से फिदा हैं।

लेते हैं। पिता-पुत्री दोनों चल पड़े मुम्बई। वहीं घटनाचक्र कुछ इस कदर चल कैफी की हालात का पता लगाने गए पिता ने बेटी की मर्जी को देखते हुए का निकाह करवा दिया। शादी हुई सज्जाद जहीद के घर और उनकी बेगम ने शौकत की माँ की भूमिका निभाई। बाराती बने जोश मलीहाबादी, मजाज, चंदर, साहिर लुधियानवी, इस्मत चुगताई और सरदार जाफरी जैसे तरक्कीपसन्द इसके बाद शौकत और कैफी की नई जिन्दगी शुरू होती है कम्यून में। लेकिन एक बात रेखांकित करने लायक है कि उस दौर में भी शौकत के अब्बाजान तरक्कीपसन्द ख्यालात के थे कि बेटी के प्यार के लिए पूरे परिवार की नार मोल लेते हुए निकाह करवा दिया और अकेले घर लौट आए।

जब शादी हुई थी तो उस वक्त कैफी कम्यून में रहते थे और त्रैमासिक अदब के सम्पादक थे। शौकत ने कम्यून के कमरे को घर का रूप देना शुरू कि यह पूरा किस्सा बेहद दिलचस्प है। कैफी की संगत और कम्यून के माहौल ने शौ को इप्टा में सक्रिय होने के लिए प्रेरित कर दिया और भीष्म साहनी के ड्रामे में किया जिसे खूब सराहना मिली। सबकुछ ठीक-ठाक चल रहा था, घर में बेटे के में एक चिराग भी रोशन हो चुका था कि अचानक साल भर का बच्चा टी बी शिकार होकर काल के गाल में समा गया। इस विपदा से शौकत पूरी तरह से गईं। अपने इस पहाड़ जैसे दुख से उबरने की कोशिश में जब गमजदा शौकत पता चला किं वे फिर से माँ बनने जा रही हैं तो उनकी खुशी का ठिकाना नहीं शौकत ने अपनी खुशी कम्यून में साझा की, जब शौकत की पार्टी (तबतक शौ वामपन्थी पार्टी की सदस्यता ले चुकी थीं) को इसका पता लगा तो पार्टी ने गिरा देने का फरमान जारी कर दिया। ये वामपंथ का बेहद ही अमानवीय चेह जो इस पार्टी के लोकप्रिय न होने का एक बड़ा कारण है। पार्टी के इस अमान फरमान के खिलाफ शौकत जब अड़ गईं तो इस मसले पर पार्टी की बैठक बु गई। तर्क-कुतर्क और तमाम बहसों के बाद शौकत की जिद के आगे पार्टी को झु पड़ा। शौकत कैफी को बच्चा पैदा करने की अनुमति मिली। कम्युनिस्ट पार्टी के अमानवीय चेहरे पर से गाहे-बगाहे उसके सदस्य ही पर्दा उठाते रहते हैं।

इस आपबीती के बाद जो दास्तान है वो है कैफी और शौकत के संघर्ष कहानी। कैफी के लगातार हौसला आफजाई के बाद शौकत नाटकों में अ सक्रिय हो गयी और लगातार सफलता की सीढ़ियाँ चढ़ती चली गईं। एक अदाक के रूप में शौकत की और शायर के रूप में कैफी की शोहरत बढ़ने लगी। शौ को नाटकों के अलावा फिल्मों में काम मिला तो कैफी ने भी कई बेहतरीन न लिखे। शोहरत और उससे आए पैसे को कैफी और शौकत एन्जॉय कर रहे थे एक दिन इस हँसते-खेलते परिवार को किसी की नजर लग गयी और कैफी स

वाणी प्रकाशन से प्रकाशित अनंत विजय की पुस्तक 'विधाओं का विन्यास (2013)' पर राय

मैं कह सकता हूँ कि हिन्दीतर भाषाओं की किताबों को केन्द्र में रखकर लिखी गयी है। इसलिए मैं तो इनकी लिखने की क्षमता और अध्ययनशीलता से आतंकित हूँ।

–नामवर सिंह

रोचक ढंग से लिखी गयी और अपनी राय बेधड़क रूप से प्रकट करती ये टिप्पणियाँ जिनके बारे में की गयी हैं उन किताबों को पढ़ने की इच्छा पाठक के मन में सहज जगाती हैं।

–पुरुषोत्तम अग्रवाल, *समकालीन भारतीय साहित्य*

विधाओं का विन्यास अपने आप में साहित्य और संस्कृति को लेकर गम्भीर विमर्शमूलक सामग्री समेटे है। अंग्रेजी में लिखी गयी किताबों की इतनी रोचक आलोचना इसका उल्लेखनीय पहलू है।

–तहलका

अंग्रेजी साहित्य की दुनिया क यथार्थ से हिन्दी पाठकों को रूबरू कराते हैं अनंत विजय।

–नया ज्ञानोदय

अंग्रेजी लेखकों की कृतियों के बहाने अनंत विजय ने साहित्य का वामन बनकर अंग्रेजी भाषा और साहित्य की सारी धरती नाप डाली है।

– दैनिक ट्रिब्यून

अनंत विजय देशी-विदेशी रचनाकारों की अंग्रेजी पुस्तकों पर हिन्दी में लिखकर भाषाओं में दो धरातल के बीच पाठकीय सम्भावना का सेतु स्थापित करते हैं।

–दैनिक जागरण

आज जब हिन्दी समीक्षा की विश्वसनीयता लगभग संदिग्ध हो चुकी है ऐसे में अनंत विजय की यह पुस्तक दिखलाती है कि एक सजग समीक्षक किस तरह से बड़े नामों के दबाव में नहीं आता।

–दैनिक हिन्दुस्तान